El aroma de los anhelos

MÓNICA CASTELLANOS

El aroma de los anhelos

Grijalbo

El papel utilizado para la impresión de este libro ha sido fabricado a partir de madera
procedente de bosques y plantaciones gestionadas con los más altos estándares ambientales,
garantizando una explotación de los recursos sostenible con el medio ambiente y beneficiosa para las personas.

El aroma de los anhelos

Primera edición: mayo, 2021

D. R. © 2021, Mónica Castellanos
Publicada mediante acuerdo de VF Agencia Literaria

D. R. © 2021, derechos de edición mundiales en lengua castellana:
Penguin Random House Grupo Editorial, S. A. de C. V.
Blvd. Miguel de Cervantes Saavedra núm. 301, 1er piso,
colonia Granada, alcaldía Miguel Hidalgo, C. P. 11520,
Ciudad de México

penguinlibros.com

Penguin Random House Grupo Editorial apoya la protección del *copyright*.
El *copyright* estimula la creatividad, defiende la diversidad en el ámbito de las ideas y el conocimiento,
promueve la libre expresión y favorece una cultura viva. Gracias por comprar una edición autorizada
de este libro y por respetar las leyes del Derecho de Autor y *copyright*. Al hacerlo está respaldando a los autores
y permitiendo que PRHGE continúe publicando libros para todos los lectores.

Queda prohibido bajo las sanciones establecidas por las leyes escanear, reproducir total o parcialmente esta obra
por cualquier medio o procedimiento así como la distribución de ejemplares
mediante alquiler o préstamo público sin previa autorización.
Si necesita fotocopiar o escanear algún fragmento de esta obra diríjase a CemPro
(Centro Mexicano de Protección y Fomento de los Derechos de Autor, https://cempro.com.mx).

ISBN: 978-607-380-141-6

Impreso en México – *Printed in Mexico*

Para Ricardo y nuestros hijos.

Para María Fernanda y Verónica,
cómplices y amigas.

Para Manuel y Martín,
uno me devolvió la voz,
el otro la afinó.

Mañana cumplo dieciséis y no, no soy cobarde.

Seguir a Madero, luchar para que las mujeres votaran me trajo a este momento. Pero bien valió la pena.

Veo esos soldados de rostro fiero y piel oscura que no se mueven, que no vacilan.

Están dispuestos a disparar, se les nota en la cara.

Lloro con rabia y no puedo contener este temblor de las manos.

Me voy a desvanecer.

Sé que no soy cobarde y que esta tierra gris no es la mía.

La mía es la tierra roja de Zacatecas y los torrentes furiosos del río Santa Catarina cuando lleva agua.

El polisón me sofoca.

Una gruesa polvareda golpea mi rostro y se deposita entre los pliegues de mi vestido.

Siento la presión del corsé y de la misiva urgente para Madero que mi nana me ayudó a esconder antes de subir al tren.

No soy cobarde.

Llevo en el corazón los sones huastecos que mi nana me cantaba cada noche para arrullar mi sueño y por la mañana para sacarme de él. Quisiera acunarme en su falda.

Escucho las voces airadas de los pasajeros del tren y de mi amado. Veo que discute con el capitán, pero éste no lo escucha. Se deja caer de rodillas sobre el terregal. Me duele verlo así.

Uno de los federales se limpia el sudor que le resbala por la frente.

El capitán deja solo a Daniel y se pasea detrás de sus soldados, choca la fusta sobre las botas empolvadas, me ve con ojos que quisieran adelantarme la muerte y sonríe.

Aprieto los ojos. Deseo, espero que cancele la orden.

El aire se aquieta.

Levanto la cabeza, miro esos fusiles listos para disparar.

20 de junio de 1910

El amor es una ilusión,
una historia que una construye en su mente, consciente
todo el tiempo de que no es verdad,
y por eso pone cuidado en no destruir la ilusión.

Virginia Woolf

Desde el sueño escuché el trinar de un petirrojo, insolente, terco; traspasó mis oídos junto con el silbido de la tetera, el eco producido por los solitarios botines de Jovita, en su eterno ir y venir en la cocina, y el seco golpe de los cascos sobre la grava cuando Román empareja los caballos en el carruaje. Los ecos usuales que acompañaban cada despertar en nuestra casa de San Antonio.

Me abandoné a la calidez de las sábanas sin pensar en el tiempo, resguardada en la seguridad de mi habitación en penumbra. Estiré las piernas hasta que toparon con los fríos tubos de latón; al contacto se arremolinaron de nuevo. Noté la ausencia de mi nana Refugio, quien seguramente había olvidado despertarme, algo inusual en ella, pues pese al cariño que siente por mí, nunca está por encima de las reglas impuestas por mi madre. Las manecillas que marcan las siete de la mañana son inflexibles.

La tetera silbó más agudo, sonido evidente de que me había quedado dormida. Salté de la cama y corrí escaleras abajo a buscar a la condenada de Refugio para que me ayudara a vestir, ya que no lo podía hacer por mí misma; anudar el corsé era tarea de dos. Debía presentarme a la mesa con el vestido impecable, la cara lavada y el cabello recogido y entrelazado con esos listones que me restiraban la cara hasta dejarme los ojos rasgados. Ya imaginaba los regaños y aspavientos de mamá que tanto me fastidiaban.

Todo en mi vida eran reglas que por ningún motivo me atrevía a desobedecer. No podía bajar con un vestido arrugado ni encorvar la espalda, menos subir los codos a la mesa. De atreverme, tendría que estar dispuesta a acatar el castigo que eligiera mi madre. Aún tenía grabado el recuerdo del día en que la cuestioné por obligarnos a abandonar Monterrey para ir a San Antonio. Por más explicaciones que me dio, no quise oír. Me negué a entender que para el noreste de México, Texas era muy importante por su comercio, y, en consecuencia, para nuestra familia; además, tenía un fuerte vínculo con los maderistas.

Pero lo que más me disgustó fue que habríamos de ir con frecuencia a San Antonio. Entonces no vi que sus razones eran auténticas, sonaron a excusas para que quitara mi cara larga y dejara de protestar. Para hacerme entrar en razón, decidió dejarme dos horas de rodillas en mi recámara. A mi favor estaba que no había sido una ofensa grave, porque de considerarla así, entonces me habría obligado a arrodillarme de cara a la pared y sobre una alfombra de granos de maíz.

Ahora me doy cuenta de que la única ventaja que tenían esos castigos era que, después de varios minutos, las rodillas dejaban de doler. Mamá ordenaba a la nana Refugio supervisar que se cumplieran, y ella se hacía la disimulada, miraba al techo o al horizonte tras la ventana. Yo aprovechaba su presencia para soltarme el cabello y sentarme en la cama para que mis rodillas recobraran su forma.

Así aprendí que, para no aumentar el rencor hacia mi madre, necesitaba crearme una coraza que me protegiera de aquellas ocasiones en que no sólo me lastimaba el cuerpo, sino también el alma.

Estaba ensimismada en mis pensamientos cuando otro silbido agudo de la tetera me hizo notar la velocidad con la que bajaba las escaleras y, de pronto, en un pestañeo, las piernas se me enredaron en el camisón y sólo alcancé a ver cabeza abajo los retratos de mis abuelos y bisabuelos que colgaban de la pared.

Atraídos por mis gritos acudieron mi madre, mi hermano Enrique y mi nana, alcancé a ver de reojo sus rostros angustiados. Entre los tres me levantaron, pero un intenso dolor en el tobillo izquierdo me hizo caer nuevamente.

Intenté pisar otra vez, pero no pude apoyarlo.

Tendremos que llevarla al médico, dijo Enrique. Salió en busca de Román para que alistara el carruaje y tras unos minutos que me parecieron eternos me subió en brazos.

Antes de salir, mamá cubrió la transparencia de mi camisón con un manto de seda. No podía creer que le preocupara más cuidar lo que ella llamaba decencia que mi salud. Con el paso de los años descubrí que para mi madre la opinión de otros siempre fue su prioridad y, por más que intenté, nunca pude comprenderla.

¿A dónde la llevaremos?, preguntó mi hermano.

Mi madre indicó que al consultorio del doctor Daniel Chapman, cerca del hospital Santa Rosa. De inmediato argumentó que su familia poseía grandes extensiones de viñedos en Parras y que era un médico extraordinario. Sus motivos no me convencieron, la ligera sonrisa y un cierto brillo en sus ojos sugerían que tenía otras razones. No dudé que lo pensara como prospecto para mi matrimonio y en aprovechar la oportunidad para conocerlo. Me fastidiaba que a todas horas me hablara de casamientos y fortunas. ¿Por qué siempre tenía que mencionar las propiedades de cualquier persona para valorarla?

Tiempo después me enteré de que varias señoras de Monterrey, con las que también convivía en San Antonio, le habían hablado de él. Decían que era hijo único y que cualquiera que lograra un compromiso con el heredero de la familia Chapman aseguraría un codiciado arreglo matrimonial. Pero en ese momento yo era ajena a los planes de mi madre y mi única preocupación era que me aliviaran el intenso dolor del tobillo.

Si el trayecto en carruaje sobre el suelo empedrado me había parecido un suplicio, la revisión con el doctor amenazaba con ser peor. Mamá y mi hermano se enfrascaron en una serie de suposiciones sobre mi condición, que iban desde una leve torcedura de tobillo y mis remilgos de quinceañera, hasta una grave fractura del peroné.

Cruzamos el centro de la ciudad de San Antonio por la calle Houston, que por ser la hora de mayor tránsito, estaba colapsada por tranvías, coches y carruajes.

Finalmente llegamos frente a un edificio de ladrillo rojo marcado con el número 111, en la calle South Laredo. En la puerta estaba aparcado uno de esos nuevos automóviles que, según decía Enrique con vehemencia, cambiarían las ciudades desterrando para siempre el uso de carruajes tirados por caballos. Giré la cabeza para verlo mejor. Cómo me habría gustado subirme a alguno, pero papá amaba su montura por sobre todas las cosas, y el tema de adquirir uno para moverse sobre ruedas estaba vedado.

Fue una suerte y una desgracia para mí, que aquel día de verano el doctor estuviera en el consultorio. Tiempo después me enteré que solía visitar a sus pacientes del Hospital Santa Rosa o del de la ciudad antes de comenzar sus consultas cada mañana, y que en aquella ocasión se había quedado a ordenar y guardar bajo llave un lote de ácido fénico y violeta de dalia que había recibido la tarde anterior.

Mi madre golpeó la madera con la aldaba y tras un momento se abrió la puerta. Enrique me cargó hasta cruzar el umbral. Para entonces mi tobillo estaba ya muy inflamado, el dolor era más agudo y sentía ardor por dentro.

Molesta por mi infortunio me aferré a la seguridad del cuello de Enrique, hundí la mirada mientras mi madre hizo las presentaciones formales, sólo hasta que el médico indicó una camilla me atreví a levantar la vista.

Frente a mí estaba un hombre de ojos azules, casi transparentes. Como una intrusa que entra a una habitación ajena, sentí el deseo de traspasarlos, de descubrir sus secretos, porque algo encerraban; las finas arrugas que los enmarcaban me robaron la voluntad con la misma intensidad de un niño que atrapa dulces cuando caen de una piñata. No pude despegar mi vista de ellos, aunque me esforcé por disimular para que mi madre no me descubriera. Cómo no rendirme a esa sonrisa amplia, franca, sin rastros de café ni de tabaco.

Mientras preguntaba detalles del accidente, estiraba sus dedos alargándolos uno a uno como quien toca un piano. Paseaba la lengua sobre sus labios redondos, el inferior un poco más carnoso, como una especie de tic. En ese momento una fuerza despertó en mí, no sé si fue su energía, su olor o algo que emanaba, pero me aceleró tanto las palpitaciones del corazón que las podía oír; me sobrecogió la idea de que alguien más las escuchara, sobre todo él. Temí quedar en ridículo frente a mi familia y frente a este hombre que me hacía temblar de emoción.

—Qué pena que nos hayamos presentado sin aviso, doctor. Ya sabe usted cómo es el ímpetu juvenil, siempre andan a las carreras y por más que le insisto a María en ser prudente tiene esa costumbre por ir deprisa. Así se lastimó el tobillo, seguro iba…

—Pierda cuidado, señora Treviño, dejemos mejor que sea ella quien explique dónde siente el dolor exactamente.

Por primera vez alguien me daba mi lugar delante de mamá; y no es que ella no tuviera razón en lo que decía, fue ese gesto del doctor lo que hizo que él me agradara de otra forma.

Sus manos rozaron mis rodillas. Sentí un escalofrío recorrer mi espalda y un calor que subió hasta mis mejillas. Una leve sonrisa, que me pareció impropia según me había educado mi madre, se escapó de mis labios.

El doctor tomó el martillo de goma y con delicadeza hizo percusión en mi pierna. Tendones, músculos y nervios estaban bien. Me impresionó su tacto firme y suave a la vez, del modo en que se palpa la más delicada porcelana. Mientras yo no podía evitar hundirme en esos ojos azules, él evadía mi mirada. No sé por qué dijo que no tenía temperatura si yo sentía arder mi rostro. Extendió mis piernas y aplicó presión para asegurarse de que ningún hueso estuviera fracturado. Cuando llegó a mi tobillo izquierdo un latigazo me sacudió.

Mi madre, que observaba cada movimiento del doctor, de inmediato intervino para preguntar por qué me quejaba así.

—Es un esguince en el tobillo. Tendré que colocar un vendaje para inmovilizarlo.

Me miró a los ojos para explicarme lo inflamados que estaban los tendones, y cuando nuestras miradas se encontraron yo sentí algo nuevo por primera vez en mi vida, me sentía igual que la cera de los candelabros al derretirse.

—¿Dolerá?

—Lo haré rápido y con el mayor cuidado.

El doctor se retiró la bata y las mancuernas de oro. Arremangó su camisa blanca y, plantado delante de mí, me miró con dulzura y una sonrisa.

El agudo dolor, añadido al severo olor a formol que impregnaba el consultorio, me provocaron un mareo. Me cubrí la nariz para evitar una arcada. Cerré los ojos, tomé una bocanada de aire y lo exhalé muy despacio. El doctor, con toda su experiencia, previó lo que vendría, por lo que suavemente me indicó:

—Tranquila, María, muerda esto, apriete.

Pasó la mano por mi cabello suelto, con el mismo gesto de quien acaricia a un niño.

Con movimientos precisos colocó un vendaje alrededor de mi tobillo. El dolor crecía conforme lo apretaba, tanto, que tuve que asirme a la camilla para no caer.

Deseé no haberme tropezado y me reproché por haber rodado escaleras abajo y no poder ofrecer mi ayuda ni ver las elecciones en uno de los momentos más esperados para la política de México. Las elecciones por la presidencia estaban próximas, aún con Madero en la cárcel de San Luis tras su captura en Monterrey. Impaciente, le pregunté al doctor en cuánto tiempo me recuperaría. Él me dijo que no me preocupara, que mi única responsabilidad sería el reposo para que sanara pronto.

—En cinco días tendré que viajar a Monterrey, sí podré, ¿verdad, doctor?

Mientras esperaba su respuesta me reproché lo mismo que mi madre me reclama hasta el cansancio, ser tan arrebatada.

—¡Listo, María, ahora baje su pie con mucho cuidado! Doña Inés, será importante que la señorita guarde reposo. Yo pasaré a casa a revisarla los siguientes días.

—Ojalá nos acompañe a cenar alguna noche, estaríamos encantados de conversar con usted.

Al instante reconocí el arte de mi madre para buscarme candidatos que a sus ojos le parecieran a la altura de la familia, ya presentía que la elección de ir al consultorio del doctor Chapman no había sido una decisión basada en la cercanía; en ese momento me quedaron claras sus intenciones, sólo que, a diferencia de otros intentos fallidos, como el cortejo de Ponciano Robles con quien me negué rotundamente por su poco agraciado aspecto, ahora la más feliz era yo.

Lo único que me hizo sentir contrariada fue el hecho de que tendría que estar dos semanas inmóvil; me enfadé al imaginar el ambiente que se viviría en Monterrey con las elecciones mientras yo guardaba reposo. Aunque las mujeres no votaríamos, quería presenciar la victoria que sin duda tendría el candidato Francisco I. Madero.

Inspeccioné mi tobillo vendado y con una mueca me envolví en la mantilla. Haber perdido las ilusiones por culpa de un escalón me dolió más que cualquier otra cosa.

※

La nana Refugio vio marchar a María. Aunque esa mañana doña Inés la había entretenido en la cocina, ella pensaba que por culpa suya "su niña" quedaría lisiada. Como no podía acompañarla, ni arreglarle la pierna, decidió ocuparse para espabilar los pensamientos. Con paso cansado, resoplando del esfuerzo que le implicaba mover su cuerpo en cada peldaño, subió las escaleras para ordenarle la habitación.

Extendió con cuidado las sábanas aún tibias y las cubrió con la blanca sobrecama de punto que había tejido doña Inés el invierno anterior. Estiró y planchó con las manos la superficie de la cama, con el mismo esmero y ternura con que alisó desde niña el cabello de María, hasta que no quedó ningún pliegue, ninguna arruga.

Abrió el armario, sacó los calzones de algodón, el corsé, el fondo, la crinolina y el vestido rosa *polignac* que el general Ignacio Treviño, su padre, le regaló a María cuando cumplió quince años. Recordó esa noche en que el general la sorprendió con la enorme caja de la casa de modas de Jeanne Lanvin. Volvió a ver el brillo en los ojos de María al desatar el cordel, abrir la envoltura y sacar el vestido que de inmediato insistió en usar esa noche durante la fiesta que sus padres le habían organizado.

Había sido una celebración sencilla, ya que tres meses antes, el 27 de agosto de 1909, Monterrey había sufrido una violenta inundación. Cuando sus padres le dijeron que, a pesar del luto generalizado, la habrían de festejar, la joven se opuso con vehemencia. Aún tenía frescas las imágenes de dolor de Antonio, el jardinero, que había visto morir a Consuelo, su hija de seis años, cuando la furiosa corriente del río Santa Catarina, proveniente de la Huasteca, se la arrebató de los brazos; y las lágrimas de Modesta que, con los chorros que le caían de los ojos, fregaba el piso de rodillas. Así pulió los mosaicos de la casona de la calle Camino Real, clamando por tanta familia enlutada. Tampoco podía olvidar esos días de intenso trabajo para ayudar a la población del barrio de San Luisito que, en tan sólo unas horas, vio una furiosa ola de lodo, piedras y ramas tragarse familias enteras con todo y jacal. Pero la terquedad de sus padres y los ruegos de su nana que le insistía: *ándale, mi'nita, mira que tu fiesta nos va a secar las lágrimas a todos*, prevalecieron sobre su ánimo.

La nana Refugio sonrió ante el recuerdo de los ocho cabritos que Jovita desangró y destazó, a pesar de su diminuta y delgada complexión, para preparar la fritada en su sangre que borbollaba como volcán dentro de las cazuelas de barro. Nadie sabía de dónde sacaba fuerza Jovita para mover, entre la cocina y el fogón, aquellos grandes calderos y pesadas ollas de barro: *quizá comerá alguna hierba traída de su pueblo o tal vez le viene a fuerza de trabajar desde niña*, se decían entre sí los sirvientes. Todos en la casa, incluyendo a la festejada, trabajaron en la cocina para preparar el banquete. Refugio y Modesta se turnaron la cuchara en un gran perol de cobre para dorar la carne de cerdo y preparar el asado. Román, el cochero, descascaró medio saco de naranjas para prepararlas en almíbar. María ató con cordel y cocinó veinte codornices siguiendo con cuidado las instrucciones de Jovita que, sin descanso, daba órdenes a todos los que trabajaban en su cocina. Al final, las mujeres prepararon un pastel de dos pisos con betún de limón.

Esa noche, el general relucía de satisfacción al ver a María lucir el vestido y verla feliz. Poco a poco iban llegando los invitados. Estaban los Villarreal con sus hijas Diana y Nora, tan parecidas que muchos pensaban que eran gemelas: el cabello rubio, la nariz respingada, los ojos verdes sin expresión y la piel igual de blanca que el arenal de Cuatro Ciénegas. María hacía un esfuerzo por sonreír en cada ocasión que tenía que tratar con ellas, aunque más de una vez apretó los dientes y aguantó el deseo de desbaratar los chongos de caireles que las coronaban. Solía decir que eran las más presumidas de Monterrey y que sus comentarios hacia la clase trabajadora eran odiosos, pero como su familia tenía una fuerte influencia en la región no podían omitirse de la lista de invitados.

En una esquina del salón charlaban Fortunato y Diana Salinas con el exgobernador Bernardo Reyes, que apenas cumplía un mes de haber entregado el cargo por segunda ocasión, tras diez años de ocuparlo.

Ya es una mujer, había dicho su padre al ver a María moverse con seguridad entre los invitados, y con un carraspeo aclaró su garganta y sosegó el sentimiento que le mojaba los ojos cuando se trataba de María. De sus dos hijos, ella era su favorita.

Los ruegos de la nana que habían logrado persuadir a María de disfrutar su fiesta, no lograron hacerla ceder en el tema de la música y de su primer vals: *no puedo estar en un salón bailando de alegría* —decía— *cuando en el de al lado, quienes nos han servido tantos años, aún lloran a los suyos.* Se mantuvo firme en su renuncia, por lo que los compases de *Recuerdo* y *Sobre las olas,* enmudecieron junto con los músicos que en una esquina del salón se conformaron con interpretar algún nocturno.

Doña Inés, a pesar de su severidad para seguir las formas que dictaba la etiqueta, en esa ocasión le dio la razón a su hija. Complacida, la miró conversar gran parte de la noche con el licenciado Viviano L. Villarreal, quien había sido gobernador de Nuevo León, y con Roque Estrada, secretario de Francisco I. Madero, pensando que alabarían su belleza o comentarían sobre sus posibles prospectos nupciales. No imaginaba doña Inés que, en su inquieta curiosidad, María los cuestionaba sobre los avances del Centro Antirreeleccionista con sede en San Antonio, Texas, y les pedía que fomentaran la participación de las mujeres en los asuntos de la política. Tampoco imaginó que a ellos les causaría admiración la mente clara e inquisitiva de la joven.

Cuando llegaron Tomás y Lucía Torres, María corrió a saludarlos. Su hija Carmen había sido su mejor amiga. Desde el primer día de clases en que, según el orden alfabético, se sentaron juntas en un pupitre al fondo del salón, había surgido entre ellas una fuerte empatía. Si alguna iniciaba una frase la otra la completaba; bastaba una mirada entre ellas para saber quién tenía dolor de estómago o a quién le aburría la clase de Geografía que daba la madre Cecilia; tan alta y delgada que, según ellas, el hábito la hacía lucir como *uno de esos faros que ilustran los libros de texto.* Las niñas fueron inseparables hasta el día en que los caballos de un carruaje arrollaron a Carmen al cruzar una calle en el centro de la ciudad. Los cuatro animales

26

pasaron sobre ese cuerpo de niña que no alcanzó a llegar a mujer. María no se separó de ella durante los cinco días que sobrevivió al accidente y le llevó más de un año recordarla sin que su corazón la obligara a llorar.

La nana suspiró, colocó la ropa interior sobre el taburete y el vestido sobre la cama cuidando que las amplias enaguas de raso no sufrieran arruga. Era el favorito de María. *Ojalá que al llegar mi'nita lo use y se consuele, aunque sea un poco*, se dijo. Abrió las pesadas cortinas de terciopelo dorado para dejar entrar el sol de verano. Ansiosa, miró el camino de grava por donde se habían marchado y deseó tenerla pronto de regreso.

—⁓—

Tan pronto entramos al camino de grava alcancé a ver a mi nana junto a la ventana, inmóvil como estatua. La imaginaba fundida al suelo de la ansiedad, lista para bajar deprisa las escaleras y recibirme en la puerta; sus largas y amplias enaguas ondearían a cada paso entre los muebles y adornos que llenaban mi casa.

Días más tarde me enteré de que le había pedido a la cocinera que me preparara un consomé de pollo. Jovita había trajinado entre las grandes ollas para preparar el caldo con mucha verdura, espeso, sazonado con hierbabuena, como a mí me gusta.

Para cuando llegamos, ya había dejado en mi habitación una jarra con limonada y un abanico sobre el buró por si los soles de junio me acaloraban.

27

También estaba el primer tomo de *Los miserables* de Víctor Hugo. Lo había empezado esa semana, porque nada disfrutaba más que leer cuanto libro llevaba a casa mi papá. Y aunque a menudo me obligaban a recitar poesía, prefería la emoción de las novelas que me hacían sentir en la piel de los protagonistas, me sacaban las lágrimas, me enfadaban o me mantenían en tal suspenso que no podía detener la lectura. Mi otra pasión era leer detenidamente cada artículo del periódico *Punto Rojo*, dirigido por el poeta Práxedis G. Guerrero antes de que lo destruyera el gobierno de Porfirio Díaz como venganza a sus férreas críticas.

Enrique me llevaba en brazos. Cruzamos el zaguán de la casa y subimos al segundo piso. Verme impedida de subir y bajar escaleras, algo tan cotidiano, era frustrante. Pensé en el poco cuidado que por mi salud o la de otros había tenido hasta ese momento. Y aunque era cierto que alguna vez me había conmovido ver en el mercado de Monterrey a algún menesteroso que pedía ayuda, nunca había sentido algún dolor que me permitiera sufrir apenas algo de lo mucho que viven ellos cada día.

Cuando llegamos al segundo piso, me apoyé en mi hermano para llegar a la habitación. Mi nana estaba lista para recibirme en sus brazos, en un solo movimiento me acomodó sobre la cama, colocó una almohada bajo mi tobillo y se acercó una silla. Las dos miramos fijo a Enrique quien entendió la invitación a retirarse.

—¿Cómo te sientes, *mi'nita*? ¿Qué dijo el doctor?

—Ay, querida nana. Estaré en reposo por un tiempo. ¡Qué fastidio!

—Que no te oiga tu mamá, arremetería contra mí si te oye hablar de esa manera.

—Mañana en la tarde vendrá a revisarme. Se llama Daniel Chapman. Es tan guapo y atento, no como don Juvencio, ¿lo recuerdas?, que de lo vetusto parece que está en las últimas.

—¿Entonces éste es joven?

—Algo mayor que Enrique. Pero lo que menos me interesa ahora es su edad, nana, sino que esta lesión es un estorbo. Aunque debo confesarte que no pude dejar de verlo mientras me atendía. Ojalá hubiera algún remedio que en vez de dormir me despabilara la cabeza.

—Qué cosas dices, *mi'nita*. Mejor te traigo un té para que duermas bien.

Esa noche me pareció eterna porque no hallé postura alguna para dormir, además de la multitud de veces que la imagen del doctor se adueñó de mis pensamientos. Jugué a perderme en el azul de sus ojos, reviví el roce de sus manos sobre mi piel mientras me revisaba. Mi imaginación cabalgó desbocada, tanto que deseé sentir su boca.

Me veía entre ese raudal de sensaciones que se me acumulaban en el pecho y bajaban hasta mi entrepierna. No era la primera vez que me sucedía. Nada más cumplí los trece años, mi cuerpo se llenó de estremecimientos de los que no entendía el origen, pero sí el goce.

Una imagen fugaz vino a mi memoria. Tenía doce años cumplidos, había corrido a buscar a mi nana porque pensé que moría: una mancha de sangre empapaba mi calzón y un hilo rojo bajaba por mis muslos. Ella había reído a carcajadas. Luego, en un abrazo, dijo que no moriría, que era la menstruación, signo de que me había convertido en mujer. Me dio unas compresas de algodón y me enseñó cómo sostenerlas en un delgado cinturón que las tendría más o menos fijas sobre el calzón. Ese signo que indicaba convertirme en mujer no me había agradado entonces, ni ahora.

Temerosa de preguntar a mi madre, acudí a Refugio para averiguar qué era eso nuevo que sentía. Ella me sentó en el jardín y entre susurros comentó que esas sensaciones eran como frijoles saltarines que todas las mujeres traemos en la barriga: se nos alborotan y hacen que nos den hartas ganas de encontrar hombre que se nos suba encima.

—¿Cómo que encima?

—Sí, igual que se le sube el gato a la gata o el burro a la mula.

—¿Pero eso nos pasa a todas?

Recordé entonces a aquel par de perros que se apareaban a mitad del camino, y las palabras de mamá que pasó sin verlos y dijo que jugaban a las carretillas, igual que los muchachos en las calles. La explicación me dejó satisfecha en ese entonces.

Pero aquella tarde no terminé de encontrarle sentido a las explicaciones de la nana: al llegarte esos ardores no te asustes, *mi'nita*, tu nomás espántalos, igual que a las moscas. Así le hago yo.

Incapaz de ahuyentar las imágenes del médico y la humedad entre mis piernas, opté por recitar las oraciones aprendidas desde niña en el colegio de las Hermanas de la Caridad del Verbo Encarnado en Monterrey. No nos dejes caer en la tentación, por favor, Dios mío, no me dejes, no me dejes, repetía: Y Dios te salve María, ruega por nosotros los pecadores, ahora y en la hora de nuestra muerte. Amén.

Ignoro si mis oraciones surtieron efecto, lo que sí es que entre las imágenes del doctor volvió el sueño que con frecuencia me despertaba entre la noche. *Mi casa se encontraba junto a un precipicio del que pendía un puente muy delgado, sin asidera, sus tablones eran firmes. Al otro lado un pueblo blanco de techos púrpura se elevaba sobre una breve colina. El eco de risas y de notas musicales invitaban a cruzar; un niño de cabello negro y ojos vivaces me tomaba de la mano para atravesarlo juntos. Pero el temor me aferraba a la tierra. Mis botines rozaban el primer tablón, el abismo era interminable. Aquel pequeño me asía del brazo con ojos suplicantes. Esta vez, a diferencia de otras noches, la pequeña mano se liberaba para señalar al puente. Avanzaba con pasos tan decididos, que me obligaban a ir tras él. Él, confiado. Yo, temerosa de caer a cada paso. Los dos logramos llegar al otro lado. El chico sonreía al descubrir aquel pueblo. Su mano halaba la mía y me apuraba a correr. Mi cabello cortaba el aire y a cada paso la libertad no era una sensación sino una certeza.*

❧

En las primeras horas de la mañana la nana Refugio abrió despacio la puerta de la recámara de María, se asomó con cuidado, la encontró dormida y aún con el rosario en la mano. Un par de horas después, la joven hizo sonar la campanilla de su mesa de noche. Las ojeras verdosas empeoraban su aspecto, por lo que la nana tuvo especial cuidado en alejar cualquier espejo de su niña.

—¿A dónde vas con ese espejo? Acércamelo, nana, por favor.

—No es bueno verse el rostro tan temprano.

Vertió agua en la jofaina y le extendió un pañuelo limpio.

—Déjame arreglar tu cabello, mira, *mi'nita,* te voy a preparar unas compresas de té de manzanilla para que descanses los ojos. A leguas se ve que pasaste mala noche. También bajo ahora por un poco de remolacha para dar color a tus mejillas y por tu desayuno que de seguro ya terminó Jovita, te estaba cocinando unos huevos rancheros picositos, como a ti te gustan.

Horas después, María retomó su lectura, leyó absorta que monseñor Bienvenu interpelaba a Jean Valjean: *Yo compro vuestra alma. Yo la libero del espíritu de perversidad, y la consagro a Dios.* Mientras, en el primer piso su madre iniciaba el rezo del *Ángelus.* A las doce en punto se escuchó un crujir estruendoso sobre la grava. Era un sonido distinto al de los cascos de los caballos y de las ruedas del carruaje. María no pudo resistir su curiosidad. Apoyada sobre la mesa de noche se puso en pie para acercarse a la ventana.

El doctor Chapman detuvo su automóvil frente a la entrada principal. Lo vio tomar su maletín y encaminarse a la puerta.

—¡Nana, nana, llegó el doctor!, dijo que vendría en la tarde.

—¿Qué alboroto es ése, *mi'nita?*

—Rápido, arréglame el cabello, saca mi vestido. Coloréame las mejillas, aunque sea a pellizcos.

Con la rapidez que su cuerpo le permitía, la nana Refugio metió el corsé sobre la cabeza de María, lo ajustó a su torso y apretó los lazos hasta que los pálidos senos lo coronaron. Deslizó el vestido sobre los brazos, alisó la falda y la dejó recargada en el respaldo de su cama: relajada y con libro en mano.

Doña Inés pospuso sus rezos, se restiró el corpiño del vestido, acomodó con saliva un cabello rebelde y se apuró a recibir al joven médico con el crepitar de sus enaguas. Con una ancha sonrisa se acercó a la puerta. Tanto le habían gustado el porte, abolengo y maneras del doctor que toda la noche había cavilado sobre la posibilidad de matrimoniarlo con María. En su mente pragmática y según la costumbre, el casamiento tenía que ser un arreglo que incrementara las fortunas de ambas partes. Apenas regresara su marido, hablaría con él para que se ocupara de las gestiones que sólo a él correspondían. Mientras tanto, ella pensó hacer lo propio, acercar a la pareja para que se conociera mejor.

—Qué grato es que visite esta casa, doctor.

—Espero que su familia no se canse de verme.

—De ningún modo. Permítame, María está en el segundo piso, estoy segura de que también se alegrará de saludarlo.

El doctor siguió a Modesta, que, cojeando, giraba el cuello para mirarlo con ojos ávidos. El doctor Chapman se dio cuenta de la dificultad para caminar de la joven y preguntó el origen: *así quedé con la paliza que mi suegra me dio por haberme enredado con su hijo. Tuve que huir de mi casa, de mi Tlaxcala, para irme a Monterrey. Pero doña Inés fue muy buena, me tomó a su servicio con todo y mi desperfecto.* Modesta tenía entonces catorce años, la ilusión del matrimonio, llenarse de hijos y ser feliz.

Atravesaron un angosto pasillo con muros y piso de madera. Dos tapetes persas atenuaban el sonido de sus pasos. El doctor había adelantado la hora de su visita porque en la tarde debía montar guardia en el hospital por un paciente moribundo. Él también, y muy a su pesar, pensó en María antes de caer dormido. Ahí estaba su imagen, su silueta contorneada y sus ojos áureos.

María vio al doctor Chapman asomarse a su puerta. Le pareció estar en un sueño, algo irreal. Nunca un hombre que no fuera su padre o su hermano había traspasado el umbral de su habitación. Y ahí estaba él, alto y apuesto, vestido con un impecable traje de paño a rayas. El médico se quitó el *fedora* de Borsalino, lo dejó sobre la cama, se pasó la mano por el oscuro cabello para aflojar la presión que le dejara el sombrero y se desabotonó el saco. Durante los primeros segundos María no escuchó sus palabras de saludo, ni tampoco otro ruido a su alrededor. Sin el malestar del día anterior y con la claridad de la luz matinal pudo admirar la perfecta simetría, la fuerte quijada, la nariz delgada y recta de ese rostro de ojos azules que la miraba de frente. Con docilidad y cierto pasmo lo dejó meter su brazo bajo sus piernas para incorporarla y sentarla sobre el borde de la cama. Se estremeció al sentir sus manos fuertes bajo sus corvas.

—Levantaré un poco su vestido para revisarla, *Marie*. ¿Me permite llamarla así? —ella sonrió todavía en silencio y con un movimiento de cabeza accedió a ambas cosas.

Marie. Marie. En su mente repicó el eco de su nombre pronunciado en francés por esos labios que la cautivaban. Cerró los ojos y dejó salir un suspiro de contrariedad.

Cuando terminó de revisarla, el doctor le indicó que podría levantarse con muletas al día siguiente, después acercó una silla y se sentó junto a su cama. Se dio cuenta de que en la mesa de noche descansaban los cinco tomos de la controvertida novela de Víctor Hugo, así como un ejemplar de *Fabiola*, del cardenal Wiseman y el infaltable, *Les trois Mousquetaires,* de Dumas en su versión original en francés. Sonrió al ver *Orgullo y Prejuicio,* de Jane Austen, novela inglesa causante de que muchas mujeres se enamoraran del orgulloso señor Darcy.

—*Parle-vous français, Marie?*

—*Juste un peu, je le lis plus facilement.*[1]

—No a todos les gusta la lectura en otro idioma. Veo que usted tiene esa afición. ¿Los leyó todos?

—Varios años de estudio en Monterrey con el maestro de francés me dieron esa habilidad. De los libros tengo pendiente *Fabiola,* desde hace unos meses mi madre insiste en que es una lectura apropiada para una dama, pero con lo mucho que me gusta leer, no me ha llamado la atención el destino de los cristianos en las catacumbas romanas. La que comencé hace unos días y no he podido dejar es *Los Miserables.*

—Buena elección. ¿Qué piensa del destino de Jean Valjean?

—Es una injusticia, el pobre hombre sólo quería un pan para los hijos de su hermana. Me parece que después de todos esos años en la cárcel, tenía razón en odiar a la sociedad —su rostro adquirió un aspecto serio al recordar a las personas del barrio de San Luisito en Monterrey, la pobreza en que vivían y lo que sufrieron durante la inundación del año anterior—, como muchos la tienen ahora. Si yo pudiera, borraría toda la pobreza y el sufrimiento. Sé que suena ingenuo, pero es lo que siento.

La nana Refugio les trajo el servicio de café y galletas de parte de doña Inés, quien desde el pasillo atisbaba la charla en-

---

[1] ¿Habla francés, *Marie?* / Sólo un poco, lo leo con mayor facilidad.

tre el médico y su hija. No había querido entrar a la habitación para no interrumpirlos y que él se sintiera con el deber de irse, por lo que con sigilo se mantuvo atenta a cada palabra.

María hizo un esfuerzo por alcanzar su taza para dar un sorbo, sin lograrlo; antes de que volviera a intentarlo el doctor tomó el plato con la taza, se sentó al borde de la cama y lo acercó a ella. Sus dedos se rozaron cuando ella la sostuvo y el tacto de su piel le erizó el cabello de la nuca.

El doctor inauguraba en ella nuevas sensaciones y él, por primera vez, se sentía cómodo y disfrutaba una conversación como no lo había hecho con otra mujer. Hablaron de las semejanzas entre las condiciones de pobreza de la novela de Víctor Hugo y las de México. Se asombraron de encontrar en el otro las mismas inquietudes. El doctor Chapman le confesó que su vocación había nacido por el deseo de mitigar algo de esas injusticias.

La visita se extendió hasta que el doctor sacó su reloj y con asombro se dio cuenta de que ya pasaban las dos de la tarde. Se levantó de golpe, besó la mano de María prometiendo que regresaría en un par de días y salió con la premura de haberse retrasado en las visitas que todavía le quedaban por hacer.

❧

Como ocurre en San Antonio cada mes de junio, el calor aumenta y con la temperatura sube la intensidad de los hedores, del mal humor de las personas y de las enfermedades de verano; ese martes no fue la excepción. La lista de pacientes que el doctor Chapman tenía por visitar era larga. Además, le hacía falta un frasco de quinina, indispensable para la cura de fiebres y control de epidemias. Quería también un frasco de ese nuevo producto recomendado para aliviar lo síntomas de la tos: el Jarabe *Bayer* de heroína.

El médico se detuvo frente al espejo grande, alisó su corbata, acomodó su pañuelo en la bolsa del saco, se colgó la leontina en el chaleco, abrió el reloj y leyó la inscripción: *Ejerce tu medicina con honor y pasión.* Antes de salir de su casa en la Main, se caló el Borsalino hasta la frente, de entre los bastones tomó el de ébano con empuñadura de oro, herencia de su abuelo. Subió a su Pierce Arrow y se dirigió a la botica del centro para comprar el frasco de quinina.

San Antonio le gustaba. Al igual que sus nutridas calles, su creciente población también tenía apellidos americanos, mexicanos, ingleses o franceses. Así la gente deambulaba en la esquina de Travis y Navarro o en La Salle Street, entre la Commerce y Laffite.

El tráfico en la calle Houston era denso, por lo que decidió dejar el automóvil algunas cuadras atrás de la botica y continuar a pie. Tranvías, coches y carruajes convivían entre las campanas, los bocinazos, los chirridos de las ruedas de acero, el golpeteo seco de los cascos de caballos y los relinchos que asustaban a algún paseante.

El doctor Champan era un gran observador de todo lo que le rodeaba, miraba con fascinación a las señoras con sus vestidos de encaje y grandes sombreros con plumas o a los señores que se saludaban de acera a acera. Frente a él, tres obreros que vestían pantalón de algodón y tirantes le abrieron el paso; más adelante, bajo el pórtico del hotel Princess, cuatro jóvenes empleados de banco reían con desparpajo.

Repasaba su lista de pacientes del día cuando un par de amas de llaves con sus canastas llenas de verduras y confidencias comentaban en voz baja la infidelidad de don Severo de la Garza. Aminoró el paso para escuchar mejor y constatar que en poco tiempo ese rumor se había esparcido en todo San Antonio.

Con las visitas continuas para revisar la evolución de María durante las últimas semanas y siempre bajo el ojo avizor de la nana Refugio, el doctor había descubierto que despertaba en él algo más que una simple atracción. Aquella joven conocía de esos asuntos políticos que a él no le interesaban en lo más mínimo, porque los políticos que había conocido estaban más enfrascados en mantener sus privilegios que en ayudar al pueblo. Sin embargo, entendía que haber crecido entre oficiales y gobernantes despertó en María alguna curiosidad. Y no sólo eso, había confirmado que la joven era de mente inquisitiva y aguerrida. María era un nuevo tipo de mujer para él, salida de los salones de té y de los almacenes de moda, pero con la habilidad de haber descubierto el México de la calle, del hambre y de la pobreza. Que fuera así, le fascinaba.

Una de esas tardes la encontró leyendo bajo la sombra de un añoso ciprés. Sobre su regazo descansaba el último ejemplar de *Punto Rojo*, publicado el primero de mayo de 1910, días antes de que el Servicio Secreto desmantelara la imprenta. No era la primera vez que un periódico era atacado; en años anteriores habían destruido *Regeneración, El hijo del Ahuizote, Revolución* y *Libertad y Trabajo*. Lo dejó a un lado y sin saludarlo le habló del Partido Liberal Mexicano, impulsado por los hermanos Flores Magón en oposición a Porfirio Díaz, y del nuevo Partido Nacional Antirreeleccionista fundado por Francisco I. Madero apenas el mes anterior; arqueó la ceja derecha y en un susurro le confió que estaba de acuerdo con las huelgas de Cananea y de Río Blanco porque veían por las causas más justas.

El doctor sonrió ante ese recuerdo de María. Aceleró el paso hasta llegar a la Houston. A mitad de la calle y detrás del letrero de *Mexican cigars* estaba el de la botica. Una voz delgada y aguda lo detuvo.

—¡Doctor Chapman, qué coincidencia! —doña Inés extendió una mano enguantada que el doctor besó.

—Es un lugar habitual para mí.

—Para usted y para todos.

—Tiene razón, pero creo que a mí me tienen que soportar un poco más seguido. De la manera en que ahora me soportan en su casa.

—No diga tonterías. Para nosotros es un gusto que nos visite. Además, nuestra hija se está convirtiendo en una hermosa mujer y es una oportunidad para ella conversar con un hombre tan bien educado, le ayuda a sacar la nariz de esos libros que tanto se empeña en leer.

—Es muy bella. Y no creo que...

—No sólo sabe de pintura y bordado: también de los detalles que deben cuidarse en la administración del hogar. Y su mente: ¡es brillante! A veces demasiado, pero le estamos inculcando el recato que toda mujer debe tener.

—Ni lo diga, la señorita María tiene una inteligencia muy fina.

—Me alegro de que lo haya notado, será digna de un gran caballero. Alguien del mismo abolengo, con apellidos que hablen de su cuna. Usted me entiende.

El doctor Chapman lo sabía. No le eran ajenos los arreglos matrimoniales, también en Parras se habían convertido en todo un arte para unir patrimonios, incrementar capitales, mantener fortunas. Pero por alguna razón, le incomodó pensar que sus padres incidieran en la vida de María.

—El hombre que reciba su mano será afortunado.

A pesar de tener prisa, pidió al boticario que atendiera primero a doña Inés. La evolución de María no había tenido contratiempos por lo que antes de despedirse acordó visitarla nuevamente el viernes por la tarde.

Inquieto, tomó el jarabe y la quinina, apuró el paso al salir. La conversación le había dejado mal sabor de boca. Imaginó a María casándose con otro. El estómago le produjo un sabor agrio que le subió hasta la garganta. Sintió náuseas y descargas eléctricas. Se detuvo un momento para recobrarse, con el *fedora* de la cabeza se abanicó en espera de que pasara el malestar. Será paludismo, pensó, aunque el sudor frío de su frente y la ausencia de fiebre lo hizo descartar la enfermedad.

Continuó entre hombros que lo golpeaban y plumas de sombreros que le daban de lleno en el rostro.

De pronto recordó que María estaba vedada para él.

Frustrado, se asombró de que una joven apenas conocida le provocara ese desasosiego. Su adolorido estómago le provocó otra arcada. ¿Enfermaría?, pero, ¿de qué? Reconoció que hacía un tiempo había padecido los mismos síntomas tras recobrarse de una fuerte gripe. Creyó que tal vez sería una recaída.

El malestar y esa desagradable sensación de que podrían arreglar la vida de María con otro hombre lo perturbó todo el camino.

Subió a su automóvil, condujo con una velocidad inusual para su temperamento prudente y medido. El velocímetro marcaba treinta kilómetros por hora al tomar la avenida Commerce. No aminoró ni se detuvo hasta que llegó al hospital de Santa Clara.

El sol espoleaba el flanco de las nubes. El calor de la mañana aumentó hasta empapar la cabeza, el cuello y las axilas del doctor.

Connie Shaw, la madura jefa de enfermeras, vio su rostro y de inmediato supo que algo andaba mal. *No sé qué le sucede hoy al doctor Daniel Chapman*, le dijo al equipo de enfermeras de cofias blancas y faldas largas que sin excepción suspiraban por él. Les pidió ser diligentes y atender sus indicaciones puntualmente.

Limpiar las vomitonas de pacientes intoxicados por el calor o aplicar enemas a ancianos estreñidos se tornó en empresa llevadera para esas jóvenes si lo comparaban con ver a su médico favorito deambular por los pasillos con el ceño fruncido y los ojos irritados. Sus órdenes, aderezadas siempre con algún comentario atento, ese día eran más bien parcas, sin ápice de su acostumbrado buen humor. Su andar cabizbajo y sombrío más lo asemejaba al doctor James McCormick, el anciano director del Santa Clara, murmuraban entre ellas.

El ajetreo entre pacientes, doctores y enfermeras había ayudado al doctor Chapman a mitigar esos sentimientos y malestares que lo acompañaron con persistencia durante el día.

Pero esa noche la fatiga tensaba sus músculos, la mirada ámbar de María y las notas dulces de su risa ofuscaban su razón.

De un sorbo bebió lo que le quedaba al frasco de jarabe. Desde hacía unos días se había aficionado a él, su analgesia era lo único que lo ayudaba a dormir en días de mucha presión. Al poco, sus pupilas se achicaron, una agradable sensación de paz lo invadió y acaloró su cuerpo. ¿No sería un efecto secundario del jarabe lo que le provocaba el malestar? Era un medicamento nuevo y con esos nunca se sabía qué podría suceder. Decidió que sería mejor suspenderlo hasta no estar seguro.

Recordó a María. ¿Cómo se había metido esa joven en su pensamiento? No podía olvidar esa mirada ambarina que lo traspasaba, esos cabellos rubios, suaves, que le permitió acariciar.

De la pila de tres libros que esperaban ser terminados en su mesa de noche, tomó el volumen de obras completas de Bécquer, lo abrió con desmaña y leyó: *Volverán las oscuras golondrinas, en su balcón los nidos a colgar.*

Cerró el libro tras leer un par de páginas. Cansado, estiró una mano, tomó la libreta en la que hacía anotaciones de los autores y por primera vez se traicionó al escribir un pensamiento a una mujer: "*Marie*, mi *Marie*: ¿cómo imaginarme sin ti, si no puedo imaginarte conmigo?".

—⁓—

El diez de julio habría elecciones en México y María intuía que algo habría de cambiar en el país. Había escuchado de su padre y de los partidarios de Francisco I. Madero que defenderían las elecciones, aunque fuera con las armas.

No era la primera vez que los oía. Desde niña se sentaba a jugar en la sala de su casa, primero sin ser notada por su padre ni los generales, pero tolerada por todos gracias a su silencio y a que fingía estar distraída.

Así transcurrió su infancia y adolescencia, rodeada de compañeros y amigos militares de su padre, de su tío Pascual Treviño, colaborador cercano de Madero, de conversaciones políticas, risas y rabietas álgidas. En las noches cálidas de verano junto a la ventana plañida de ruidos nocturnos, entendió que la pujanza de México en los últimos treinta años se debía al intento del general Porfirio Díaz por mejorar el país. Pero también percibió que había abierto una enorme división entre los hogares acaudalados y los pobres que exigían un cambio que Porfirio Díaz no estaba dispuesto a dar. De modo que habría que arrebatárselo.

—No, María, entiende de una vez. No vamos a batallar contigo en el tren con la pierna inmovilizada. Sería muy complicado. Además, la epidemia de tifo aún no cede y por ningún motivo pondría en riesgo a toda la familia.

—Pero, mamá, es un día muy importante para México. ¿Cómo no estar en Monterrey?

—Da igual, hija, al final de cuentas no podríamos votar.

—Pero necesitamos que nos lleguen las noticias pronto. Ya puedo imaginarme la ciudad y a mi tío Pascual intentando ayudar a sacar de la cárcel a don Francisco y al señor Roque Estrada que siguen ahí por la arbitrariedad de Díaz.

—¡No seas afrentosa, niña! ¿Qué manera de expresarte es ésa? El señor presidente o don Porfirio Díaz. ¡Tanto esmero en tu educación para que hables de esa manera! La postura política de la familia no te da ese derecho.

En días así María se esforzaba por entender a su madre, aunque nunca lo lograba. Se sentía más cercana al espíritu aguerrido de la tatarabuela por el lado Reynoso. Escuchaba embelesada cuando le narraban con detalle que al caer la tarde del 28 de septiembre de 1846, cobijada por las primeras sombras de la noche, su tatarabuela había llegado a su casa a descubrir con horror que tres *texas rangers* habían violado a su hermana, a su sobrina y a una de las mujeres de la servidumbre. Apenas entró alcanzó un fusil que yacía siempre detrás de la puerta de la cocina para ir a enfrentarlos. No le importó ser mujer ni estar sola. Y aunque su tatarabuela no se libró de la muerte, alcanzó a llevarse con ella a uno de los abusadores tras haberle dejado un boquete en medio de los ojos.

—¡Mamá, no sé por qué lo defiende, si el señor presidente mandó encarcelar injustamente al señor Madero! Y no sé si se ha dado cuenta de que ha sumido al país en la pobreza. Cómo es posible que lleve más de treinta años en la presidencia. ¿No escuchó su declaración? Según él, México está listo para elecciones libres. ¡Pero todo es un teatro, madre, entienda, abra los ojos!

Doña Inés no la dejó terminar. Con una bofetada sonora y bien plantada, le calló la boca.

—Tú no tienes edad para opinar. La política es asunto de hombres. Que sea la última vez que te escuche repitiendo lo que con seguridad habrás oído de tu padre y de tus tíos. ¡No sé a quién habrás salido, es el colmo!

Ante el enojo de su madre, eligió el silencio. Fijó su mirada furibunda en el dibujo de la alfombra, mientras su madre daba largas zancadas en la sala, de un lado a otro. Después de unos minutos, doña Inés detuvo su carrera, restregó las manos sobre su falda azul y cerró los puños.

—¿Tú crees que a los hombres les gustan las mujeres que hablan cuando tienen que guardar silencio? No: a ellos les gustan las mujeres que saben cuál es su lugar. Las obedientes que se afanan por llevar bien los asuntos de su casa. Que saben de las habilidades de las manos, tocar el piano o pintar un cuadro, pero nada más. Las que quieren externar su voz y sus pensamientos, no les gustan para nada. Así que mejor ve por tu costura, mientras reflexionas en todo esto que te he dicho por tu propio bien.

—La obedeceré, mamá. Pero creo que ser mujer no significa que uno no pueda decir lo que piensa.

María giró sobre sí misma para irse cuando una muleta se le cayó. Quiso recogerla, pero su enojo era tal que fue incapaz de sostenerla. Se atoró sobre el tapete, dio un traspié, y poco le faltó para caerse. Humillada y llorando de rabia, se fue a su habitación dejando la otra muleta en el piso. No podía creer cada palabra que le había dicho su madre. Le resonaban una y otra vez. No quería sus pensamientos en ella, mucho menos asumirlos o seguirlos. Tampoco en ninguna otra mujer. Se preguntó en voz alta, ¿por qué tenemos que ser inferiores a los hombres?

Escuchar todo esto de la voz de su madre le pareció peor que indignante: sacrílego. Tanto como lo que había hecho hacía un año en Monterrey con el hijo de Antonio, el jardinero. En la humilde casa, el luto por la muerte de su hija Consuelo aún turbaba los corazones de la familia. Chelito, como la llamaba María, había sido su compañera de juego cada vez que Antonio la llevaba a casa de "los patrones", por lo que había convencido a su mamá de que la dejaran ir. María tenía deseos de verlos y aprovecharía para llevarles algunos alimentos que su madre había reservado como ayuda. La nana Refugio y María habían tomado el tranvía y llegado al lugar donde había estado el puente San Luisito, antes orgullo de la ciudad y ahora una triste ruina.

Descendieron al lecho del río Santa Catarina. Conforme avanzaban, María veía con horror los retazos de vidas que el torrente de agua había dejado en el rezago, como si en su desidia los hubiera olvidado. Algún trozo de lámina que días antes cobijó una familia, la pata de una mesa, los restos desfigurados de lo que fue una olla de peltre, el torso de una muñeca de trapo. Y sobre todo eso, un olor fétido que les golpeaba el rostro cada vez que sus botines se hundían en el terreno irregular, empedrado y en partes todavía fangoso. *¿Por qué huele así?*, quiso saber María, *por los muertos que siguen enterrados, mi'nita*. La ciudad había tenido que esperar cuatro días a que bajara el caudal para cruzar un cable y comenzar el rescate de las víctimas del barrio de San Luisito, que había quedado incomunicado después de la inundación, y para sacar los cuerpos que el río tenía escondidos entre el lodazal. Más de tres mil personas se habían ahogado o desaparecido. Miles más se habían quedado sin un lugar para cubrirse y sin siquiera una tortilla para comer.

Monterrey se vistió de luto.
Y lloró por sus muertos.
Y el plañir de los vivos.

María cuidó cada paso hasta llegar al otro lado. Aún retumbaba en su memoria el bramido ensordecedor del río que, alimentado en la Huasteca con las fuertes lluvias desde la tarde del 27 de agosto hasta la madrugada del 28, desbordó su cauce y rugió embravecido de un margen al otro; hasta el mediodía del domingo 29 en que la lluvia cesó de golpe y dejó la ciudad deshecha. Ocho manzanas del barrio de San Luisito desaparecieron por completo, en su lugar habían quedado escombros y pestilencia.

Era evidente que la joven desentonaba en aquel barrio que contrastaba con el suyo. La nana Refugio indicó el camino y subieron algunas cuadras hacia la loma, según las indicaciones que les dio Román, el cochero, hasta llegar a la casa de Antonio.

María se adelantó y golpeó tres veces los toscos tablones de madera, unidos con alambre herrumbroso, que cubrían la entrada. Les abrió un niño de cabello crespo y ojos oscuros como su piel. Tenía ocho años pero la delgadez de su cuerpo lo hacía parecer de seis. *Ya no tenemos frijoles ni nada para ayudar,* se escuchó una voz desde dentro. *Es una señora muy bonita, como las que viven al otro lado del río,* aclaró el niño. Tras él se recortó la figura de una mujer vestida de negro.

—Buenas tardes. Buscamos a Antonio Lona, traemos estos alimentos de parte de mi mamá, la señora Inés.

—No tarda, pueden esperarlo, si quiere —la mujer tomó con ojos ávidos los paquetes que la nana Refugio y María le ofrecían.

Entraron a un cuarto amplio construido con gruesos adobes y una ventana, tan pequeña, que dejaba la habitación en penumbra, a pesar de que el sol afuera brillaba con la furia del mediodía. En una esquina estaban dos colchones sobre cajones de madera. En otra se advertía un fogón que no había despedido ningún calor durante los últimos dos días. Un armario pequeño y una mesa con cuatro sillas, distintas entre ellas, completaban el escaso mobiliario de aquella casa con piso de tierra.

—¿Usted es la señorita María? Mi Consuelo la quería mucho.

—Yo también la quería, es una triste noticia y entendemos que por su dolor Antonio no haya vuelto a casa.

La mujer demudó el rostro.

—No fue sólo la pena, señorita, él se lastimó una pierna cuando trató de sacar del río a nuestra Consuelo. Dicen que todo fue muy rápido. Antonio la llevaba de la mano, iban a ver a su tía Delfina que vivía unas cuadras más abajo cuando la corriente del agua creció y se la arrebató. Antonio no pudo hacer nada, la siguió un tramo por la orilla. No la encontraron hasta que el río la escupió allá por Cadereyta.

A María se le engarruñó el corazón y la nana Refugio comenzó a llorar.

La mujer de Antonio abrió los paquetes.

—Disculpe, es que no hemos comido nada desde ayer en la mañana —sacó un trozo de pan, lo dio a su hijo y ella tomó para sí una parte.

—No se preocupe. Para eso es. Y tú, ¿tienes nombre?

—Toño, como papá —sonrió el pequeño y se irguió orgulloso.

La gravedad de esa mirada que a su tierna edad hablaba de dolor y miseria, al mismo tiempo tenía la chispa de un corazón que se sabe querido.

—Mira mi carrito —y lo mostró orgulloso—: Me lo regaló papá cuando cumplí ocho años.

Al llegar Antonio se llevó una gran sorpresa. Días atrás había querido comunicarse a casa de la familia Treviño, había sido inútil, las líneas estaban cortadas y la ciudad incomunicada, por eso pidió a un primo que les diera aviso de la muerte de su hija y de que se ausentaría un tiempo. La idea de que María o alguien de la casa tuvieran preocupación por ir a verlos no había pasado por su mente hasta el momento en que las vio sentadas a la mesa de su casa.

La nana y María aceptaron la taza de café que les ofrecieron, sabiendo que en ese gesto les regalaban todo lo que les quedaba para comer, lo demás ya lo habían repartido con los vecinos que se habían quedado sin hogar.

—Nos han llegado del cielo, señorita María —dijo Antonio cuando Lucía, su mujer, le mostró los paquetes con embutidos, frijol, avena, harina, carne seca, huevos, frutas y dulce de leche.

Toño se acercó a María y confiado subió a su regazo. Era un niño alegre y despierto que de inmediato se ganaba el afecto de las personas.

A María le preocupó la situación de Antonio y de su familia, por lo que al terminar la taza de café, les propuso llevarse a Toño con ella para aminorarles la carga, al menos por un tiempo. Antonio y su esposa se miraron extrañados, nunca imaginaron recibir esa petición. Sin embargo, él añadió:

—No es mala idea, Lucía. Serían unas semanas mientras mejora la pierna.

Ella no quería dejar ir al único hijo que le había quedado, era su alegría entre ese dolor cada vez más punzante de perder a Consuelo. Se irguió en la silla, lanzó un extremo de su rebozo sobre el hombro y con la mirada traspasó los adobes para perderse más allá de sus pensamientos. Entendía que dejarlo ir sería bueno, pero su voluntad se resistía. Apretó las manos y guardó silencio. *Primero mi Consuelo y ahora mi Toño*, pensaba.

—¿Te gustaría ir a mi casa por unos días? —María tomó al niño por la barbilla.

El pequeño volteó a ver a su mamá en busca de aprobación. Ella cerró los ojos y asintió. Se levantó de la silla y del ropero sacó un retazo de tela en el que acomodó dos calzones, un pantalón y dos camisas de Toño. Unió los cuatro extremos de la tela y la anudó hasta formar un bulto que colgó en el hombro de su hijo.

—¿Dónde están tus zapatos? —preguntó la nana Refugio.

Toño miró sus pies anchos y renegridos.

—No tengo —sonrió.

—Pronto usarás unos negros y brillantes, no te preocupes—. María pensó en ir a comprarle unos en la tienda de don Serafín.

Bajaron en silencio hasta el límite del río, sólo la voz de Toño se elevaba vivaracha con la alegría del que está por descubrir un mundo nuevo, por vivir una aventura.

—¿Voy a cortar las flores y las plantas como papá?

—No, Toño, no te encargarás del jardín.

—¿Qué haré entonces? ¿Iré a los mandados?

—Ya veremos, Toño, ya veremos.

El pequeño abrazó a sus padres para despedirse de ellos, tomó una mano de María y una de la nana Refugio. De vez en cuando se giraba para ver si Lucía y Antonio seguían en la orilla, hasta que llegados al otro extremo ya no los distinguió.

Durante el recorrido en tranvía Toño no dejó de hablar ni un segundo, las dudas sobre lo acertado de su decisión, asaltaron a María. Conforme se acercaban a la casa pensó en lo que diría su madre al verla llegar con el hijo de Antonio y cuál sería su reacción. Sospechó que su obrar había sido precipitado, sin embargo ya no había marcha atrás. Se plantaría delante de su mamá y le diría que tenían el deber de ayudar a la familia de Antonio. Así lo hizo. Sin embargo, la respuesta de su madre fue tajante.

—Aquí no se puede quedar. Entiende, hija, es mucha responsabilidad. Que duerma esta noche y mañana lo regresas a su casa. Te daré dinero para Antonio.

A María le pareció una injusticia, ¿qué podría sucederle al niño? Eran exageraciones de su madre. Se conformó de pensar que al menos pasaría la vergüenza de regresarlo con dinero suficiente para que Antonio y su familia sobrevivieran las siguientes semanas.

Con el recuerdo de la familia de Antonio, llorosa todavía y lejos de los oídos maternos, María recitó en voz baja una retahíla de quejas y desahogos.

Lo que más deseo es que el señor Madero gane las elecciones y haga todos los cambios que ha prometido. Él hará justicia a los pobres y nos dará a las mujeres un lugar. Tiene que reconocer que somos iguales que los hombres, con pensamientos e ideas propias. ¿Y si yo me convirtiera en licenciada igual que María Sandoval? ¿O en doctora como Matilde Montoya? ¡Cuánto me gustaría!

—¿Con quién hablas, *mi'nita*? No me digas que ya te volviste loca —entró la nana Refugio con galletas y café en una charola.

—Ay, nana, conmigo misma, ¿con quién iba a ser?

—Pues, más nos vale, porque si no, la que se arma con tu papá de saber que andas hablando con los espíritus.

—No digas disparates. Estaba pensando en voz alta, en lo que decía la profesora Dolores Correa: ¿por qué en un país de doce millones de habitantes, de los cuales siete millones son mujeres, sólo hay una abogada?

—Para lo que sirven los abogados —la nana dejó salir una carcajada— nomás para hacerse de dispendios.

—No —señaló María—, el hombre es y quiere seguir siendo hombre. Y las mujeres, sólo si vienen referenciadas. La hija de don fulano, la hermana de don zutano, la sobrina de, la tía de, la amante de... Pero esto tiene que cambiar. Tarde o temprano pasará.

La nana Refugio abrió el ropero, sacó un vestido de encaje con un listón celeste a la cintura.

—¿Quieres este vestido para el paseo por la tarde?

María seguía sumida en sus ideas, sin prestar atención a ninguna otra cosa.

—No, nana, con todo el amor y el respeto que le tengo a mi madre, no logrará convencerme. Yo deseo estudiar, hacer lo que quiero y decir lo que pienso de la política, de la justicia, del amor. Sí, también del amor. De ese que crece aprisa y se trepa igual que la madreselva sobre los muros.

Ante la negativa de María, la nana guardó el vestido en su lugar y sacó uno café claro, liso y sin mayor adorno que un fruncido en el talle.

—Ay, mi niña, ¿y tú que sabes del amor? Hazme caso, ¿este vestido sí te gusta?

—Ya deja esos vestidos con… listones ridículos, nana querida. ¿Por qué me preguntas del amor?

—Porque tú lo acabas de decir, niña. Ay, ¡Jesús del huerto! —se santiguó—. Dime para quién es el fortunio de tener tu corazón, *mi'nita*.

Un largo suspiro atenuado apenas por las chicharras que comenzaban a cantar precedió su respuesta.

—Tampoco sé si es amor, sólo sé que se ha apoderado de mis pensamientos.

—Entonces sí es ese mal que alguna vez en la vida nos da a todas, niña.

—Pues sí, nana, desespero cada segundo que no lo veo ni lo escucho. Me he aprendido cada tono de su voz, cómo pronuncia un poco más suave el sonido de las erres haciéndolas más graves y musicales.

—Si te sientes así, sí es amor, *mi'nita*.

La nana recordó y le compartió aquellos tiempos en los que ella se enamoró de su Jacinto, allá en la sierra huasteca, cuando ella era apenas una joven salida de la pubertad.

—Esa querencia me ganó que gente del pueblo empezara a llamarme piruja, por eso me fui, niña.

Refugio le lanzó una mirada compasiva a María, mientras volvía a mostrarle el vestido.

—¿Por qué me ves así, nana?

—Porque eso de la querencia casi siempre trae congoja, mi niña.

—Te entiendo y siento en el alma lo que te pasó con Jacinto. Pero ahora no quiero pensar en eso, además este hombre no puede traerme ninguna desgracia. Ya deja de sacar vestidos, nana, me da igual cualquiera que elijas. No es algo que me ilusione en este momento.

～⚬～

—Apúrate. ¡Apúrate, niña! ¿No ves que llegaremos tarde a misa? ¿Traes el velo? Que sin él no entras. Anda, María, ve por él, no sé qué traes en la cabeza estos días. Te espero en el carruaje.

Entrar y salir del pórtico a la casa era difícil con las muletas, sólo con el paso de los días me había hecho más diestra en su manejo. Alcancé a tomar el velo de la mesita de la entrada sin perder mucho tiempo. Debíamos usarlo las mujeres frente a la presencia de Dios, para que no nos confundiera con ángeles, según me había dicho la señorita Almeida en las clases de catecismo. A mí me parecía una idea incoherente, cómo podría confundir Dios a sus criaturas si Él las había creado.

A un paso de llegar al carruaje, Román me ayudó a subir por el estribo. Dejó las muletas a un costado del asiento y cerró la puerta. Mudéjar y Solsticio, los alazanes enganchados al carruaje, se movieron inquietos. Era un domingo soleado y un vientecillo fresco mecía las copas de los nogales. Nos dirigimos hacia la catedral de San Fernando en el centro de San Antonio.

El crujir de las ruedas sobre la grava me hizo recordar el del café al ser triturado por el molino. ¡Hubiera preferido quedarme en casa en vez de ir en ayunas a misa! No acababa de entender esa sacrosanta costumbre dominical que incluía el concierto de ruidosas tripas sobre la retahíla de oraciones en latín; y, si era solemne, peor, porque había que agregarle la gran nube de incienso que a más de uno hizo salir deprisa para recuperar el aire de los pulmones y la serenidad del estómago. Tal cual le había sucedido a don Protasio González, un amigo de la familia, justo en el momento de la oración universal durante la misa de Corpus Christi. Campaneando la barriga y moviendo aprisa sus piernas como postes había corrido a la calle a vaciar la bilis. En su desesperación y al darse cuenta de que no alcanzaría a salir, metió la cabeza a la pila de agua bendita que de milagro le aplacó el malestar gracias al mármol frío. Todos nos reímos.

Por mucho que hablaran de la santidad de esos actos de piedad, a mí no terminaban de agradarme. Qué más le daba a Dios tener a toda la feligresía de pobres y ricos deseando, ahí sí muy hermanados, que el padre acabara la misa para poder ir a tomarse una concha dulce con chocolate o con una taza de café. Sería mejor satisfacer la necesidad de alimento corporal para tener la disposición de recibir el espiritual. Ni que Dios se fijara en esas minucias. Más grave era lo que hacía mamá: comer al prójimo a toda hora. La siguiente vez que el padre Ramiro fuera a casa a cenar, tendría que buscar el momento para pedirle una explicación. Pero en ese momento mi preocupación era otra.

—¿Hasta cuándo estaremos en San Antonio?

—¿A qué viene la pregunta?

—Curiosidad.

—No irás a empezar otra vez con el sonsonete de ayudar al partido. Ya lo hemos discutido hasta el cansancio.

—No, mamá: es curiosidad.

El recorrido hasta la Iglesia de San Fernando, en la plaza principal, fue delicioso: el fresco de la mañana me acariciaba el rostro. Dejé descansar mi brazo sobre un costado para sentir el aire cortarse en ráfagas.

Entre la larga madeja de carruajes y automóviles que desfilaban por la *Commerce* nos alcanzó el carruaje de doña Ester Molina y su marido. Don Eugenio nos saludó con el sombrero. Iban a misa, al igual que todos.

—Ay, pero qué feo sombrero trae Ester. Con esas plumas hacia el frente parece cacatúa, quién sabe de dónde sacó el mal gusto si su madre era una mujer de un gusto exquisito —murmuró mamá.

Suspiré. Una vez más confirmaba su frivolidad. No entendía la razón de su desinterés sobre asuntos de importancia, de política y de justicia social. Mientras a mí cada vez más me fascinaban, igual que leer a los Flores Magón. Así se los dije en una ocasión a don Viviano Villareal y a mi tío Pascual, si bien aún no tenía muy claro qué es lo que yo podría hacer. Tal vez podría repartir panfletos, elaborar listas o entregar mensajes. Qué más daba. Lo importante era ayudar. Conseguir la venia de papá, aunque fuera en contra de mi madre.

De pronto sentí angustia ante la idea de pasar una larga temporada en Monterrey, ya que no podría ver al doctor. Me había acostumbrado a su presencia, a la suavidad de sus dedos sobre mi piel mientras revisaba mi tobillo, a su conversación. ¿Y si intentaba convencer a mamá de pasar dos semanas en Monterrey y dos en San Antonio? Así podría verlo y continuar con lo que me requiriera el partido, aunque quizá me necesitarían de tiempo completo. Nada más de considerar esta posibilidad pude imaginar a mamá desbaratándose las manos del enojo.

Entonces me vino una idea: atraer al doctor al partido. ¡Cómo no lo había pensado antes! Algún recurso o argumento tendría que encontrar para convencerlo de ir a Monterrey. No podía ser de otro modo. Imposible tener una vida en común sin compartir los mismos ideales, anhelos e intereses. El que cada uno anduviera por su lado, con nosotros no iba a funcionar. Nuestro amor tendría que ser absoluto, real. A diferencia del de esas parejas que dicen amarse, pero que nada más las unen los hijos.

Aunque, bueno, cuando el matrimonio es arreglado cualquier afinidad pasa a segundo término. Con todo y que mamá me repita que ella conoció a papá dos días antes de la boda, que ya iba preparada para el matrimonio y que, a amar, se aprende en la convivencia, en la intimidad y en la charla, yo no le creía. Porque se le ve en los ojos cuando mira a papá, no lo ama. A mí no me engaña. Porque si los ojos no se agrandan ni se iluminan de pasión, si no se entrecierran y ensombrecen del enojo o al menos brillan con una chispa de cariño, es que no sienten nada. Son ojos indiferentes, acostumbrados, domesticados, desilusionados. Son ojos apagados. Así, con esos ojos apagados, se miran mis papás.

—A fin de cuentas ¿qué te dijo el doctor Chapman de tu recuperación? —di un salto cuando su voz me sacó de mis pensamientos.

—¡Madre, me asustaste! Que voy muy bien. En poco tiempo podré dejar las muletas y apoyarme de un bastón.

—Hace unos días lo encontré en el centro y le sugerí que podías ser un buen prospecto para elegir en matrimonio —dijo mientras sacudía de la falda un par de briznas imaginarias.

—¿Que hizo qué, mamá? ¿Cómo se le pudo ocurrir? Ahora no podré mirarlo a los ojos.

—Cálmate y no hagas tanto aspaviento. Estos asuntos así se arreglan: se sugieren, se perfilan, hasta que se concretan en compromiso. El doctor es un buen partido y no dudo que te hará feliz.

—No es por eso. ¿No entiende usted?: es el hecho de que no sea él quien lo proponga. Y yo quien decida si acepto o no.

—Vete haciendo a la idea, María: tu matrimonio se va a acordar con alguien que te convenga. Un buen partido, igual al doctor. Y si no es con él, será con otro hombre.

Un Chevrolet azul nos sobrepasó. Mamá lo miró con pasmo.

—Más aprisa, Román, no quiero perder los primeros asientos en la iglesia.

Decidí ya no contestarle. Estrujé el adorno de macramé que colgaba de mi cintura hasta deformarlo. Lo qué más me molestaba de mamá era ese aire de superioridad con que asumía saberlo todo y que yo era una tonta. ¿Qué podía saber ella a sus treinta y seis años? Sus ideas ya eran obsoletas. El golpeteo de las ruedas sobre el empedrado de la calle Dolorosa se me clavó en el alma.

Cuando llegamos a la iglesia, descendimos frente al arco de la puerta principal que comenzaba a llenarse de gente. Los de atuendos más suntuosos, sentados al frente; los de prendas sencillas de algodón, al fondo.

Levanté la vista hacia el rosetón de cristal, resguardado entre las torres de los campanarios. La claridad de la cantera delineaba el azul del cielo.

Con su típico acento marcial, mamá avanzó por el pasillo del centro sin detenerse con ningún conocido. Sus pasos levantaban ecos que subían por las columnas hasta reverberar en el cielo de la nave principal. Con seguridad iba disgustada ante la falta de lugar en las primeras bancas. Se santiguó aprisa y mientras hacía la genuflexión perdió el equilibrio y cayó.

No pude evitar sonreír. En el fondo me alegré de que mamá, siempre orgullosa, sufriera esa mínima vergüenza. Recordé a Modesta, siempre de rodillas, fregando el piso, y a mamá pasando encima sin ninguna contemplación, sin ningún respeto hacia su trabajo.

Otras risas hicieron eco en la nave.

Me apresuré a levantarla. Se enderezó el sombrero, alisó su vestido y se sentó en la banca sin decir palabra. Así estuvo toda la ceremonia. En vez de alargar el cuello según acostumbraba durante el *Kyrie eleison* y los demás cantos de la liturgia, en esta ocasión se contentó con cantar en un murmullo.

No niego que en ese momento agradecí a Dios por esa irreconocible mansedumbre de mamá, pero durante la comunión frente al Cristo crucificado lloré igual que una chiquilla. Cualquiera habría dicho que María Treviño estaba muy conmovida con la liturgia. En realidad eran lágrimas de rabia, de amargura, de impotencia ante esas palabras de mi madre que se me habían quedado tatuadas.

—Yo seré de quien yo quiera —dije en un tono de voz audible para mi madre—, no de quien me impongan —martillé cada frase mientras ella me miraba incrédula—. No permitiré que me aten a un hombre que sea ajeno a mí. Sólo me casaré con quien me corresponda en mi querer y respete lo que yo soy. Y si tuviera que ahuyentar a escopetazos a cuanto pretendiente quieran endilgarme, así lo haré. Antes sería capaz de abandonar a los míos, lo juro aquí, frente a Jesús y la Virgen de la Candelaria.

Y me santigüé.

❧

Restablecido de un fuerte paludismo, Matías esperaba al doctor junto al automóvil. Recordaba esa tarde de verano en la plaza de Parras cuando se conocieron. Tenía tres meses sin trabajo. La desesperanza lo había doblegado. Aterido en una banca, discurría en su mala fortuna. El doctor iba con su madre camino a la iglesia, cuando el aspecto de Matías llamó su atención, quizá el dejo de tristeza en su mirada. Se detuvo frente a ese joven de cabeza gacha y mirada perdida. Matías tenía dos días sin comer y su estómago le urgía en reclamos. El doctor le pidió que lo visitara más tarde en su consultorio, en la Hacienda de Perote; mientras, le tendió unas monedas que Matías tomó. Era el equivalente a la raya de una semana, por lo que le agradeció con pena.

Matías llegó a la hacienda antes que el doctor y su madre. Esperaba en una esquina del traspatio. Apenas lo vio el doctor, ordenó a la cocinera que lo alimentara, le permitiera bañarse y le proveyeran ropa limpia. Ese verano se encargó de cuidar a su yegua Nogada y de labores en la hacienda, hasta que le propuso que lo acompañara a San Antonio para trabajar con él. Matías aprovechaba cualquier oportunidad para agradecerle. Pensaba que de no haber sido por el médico, su suerte lo habría llevado a un destino incierto.

Desde entonces Matías se volvió su hombre de confianza.

La librea café claro resaltaba sobre el brillo oscuro del automóvil. Apenas se acercó el doctor, le abrió la puerta trasera. La capota estaba abierta por lo que no se quitó su *fedora*. Dejó su maletín sobre el asiento, cruzó una pierna y afinó la raya del pantalón. Tenía dos años con el auto y no se arrepentía de haberlo comprado. Sabía que los carruajes tirados por caballos poco a poco caerían en desuso. La ciudad tenía la mayoría de sus calles pavimentadas y cada vez circulaban más autos. A él le permitía trasladarse con mayor facilidad en San Antonio; atender a sus pacientes en la ciudad, ir al hospital durante el día o por las tardes a la casa de María.

Salieron de la casa en la Main para dirigirse hacia su consultorio en el 111 de South Laredo. Los calambres y malestares que había sufrido semanas atrás desaparecieron poco a poco. Sin embargo, aún desconocía su origen. En un principio creyó que era algún tipo de intoxicación o gripe desconocida, pero la persistencia e intensidad no se asemejaban a algo que hubiera visto antes en ningún paciente. Tomó nota en su mente para comentarla con el doctor McCormick; su experiencia le ayudaría a esclarecer sus dudas.

—¿Supo las noticias, doctor? Han sido días tristes para México.

El doctor se incorporó hasta el borde del asiento delantero.

—Anunciaron que don Porfirio otra vez ganó las elecciones. La situación se va a complicar. Otro fraude electoral aprovechando que el licenciado Francisco I. Madero está detenido en San Luis Potosí, el pueblo ya no se quedará de brazos cruzados.

La noticia que le dio Matías lo tuvo nervioso toda la mañana. Imaginaba la decepción, el enfado y la tristeza de María. Deseaba estar con ella para tranquilizarla de algún modo. ¿Qué le diría? Repasó diálogos y frases que pudieran apaciguar ese espíritu apasionado que descubrió en cada visita, en cada revisión.

Recordó la única discusión que habían tenido por haberle dicho que no le interesaba la política por encima de la salud de la gente. Ella insistía en que los avances que don Porfirio había logrado no habían llegado a los campesinos ni a los obreros. En algún momento el doctor dejó de escuchar la arenga de María, prefirió asentir cada frase para mirarla con detenimiento. Se deleitó con la comisura de sus labios que formaban dos medias lunas, con los destellos de su mirada y con la estrechez de su cintura.

—Hay muchas injusticias. ¡Muchas! ¿Se da cuenta, doctor? Tenemos que lograr que la gente se interese, que se involucre. No sólo los hombres: también las mujeres, en especial nosotras, las jóvenes. Yo estoy decidida a hacerlo.

El médico la miraba fascinado. Los ojos de María se abrían entre frase y frase. Gesticulaba al aire igual que si estuviera dando un discurso. Levantaba la cabeza al cielo y pareciera que de ahí pudiera tomar la fuerza para materializar las imágenes de ese México que veía en su mente.

Matías condujo entre las calles de San Antonio hasta llegar a la casa del último paciente. El médico se veía apurado. A trompicones recetó al señor Fuentevilla un emplasto confortativo de Vigo para mejorar su asma.

Se despidió deprisa y partió con Matías de regreso.

Poco faltaba para la hora de ir a cenar a casa de María. Eligió un frac estilo inglés y chaleco blanco de piqué con cierre cruzado; ajustó el cuello de la camisa para evitar que le rozara la piel, levantó el filo de la quijada para anudarse la corbata blanca y se entretuvo un momento al abrochar los puños con las mancuernillas, más difíciles de colocar incluso para sus dedos finos y largos, ágiles en las cirugías, pero torpes con esos menesteres. Pensó que María lo habría hecho sin dificultad, pero de inmediato desechó la imagen. Los zapatos de charol emitían un leve reflejo al calzarlos. Ajustó sobre su frente su nuevo sombrero de copa, acomodó un mechón claro de cabello y se colocó los guantes color perla. Se miró al espejo por un momento, sus ojos azules lucían más claros, tal vez por su vestimenta o quizá por la luz de la tarde. Evocó a su madre, siempre orgullosa de verlo. Finalmente, enganchó un azahar blanco en la solapa izquierda, tomó su bastón, recogió de su mesa de noche *Historia de dos ciudades*, la novela de Dickens que le había comprado a María, seguro de que le gustaría, y salió.

Entre automóviles y carruajes ocupados por hombres que regresaban a sus hogares, el doctor Chapman apuraba a Matías. A esa hora el tráfico era denso y ensordecedor. Los cláxones sonaban, los oficiales daban indicaciones con silbatazos, las campanas de los tranvías repicaban, los transeúntes desesperaban ante el bullicio y uno que otro maldecía a quienes tocaban las bocinas de sus lujosos autos. Algunos caballos, alterados por el estruendo de los motores, los obligaron a detenerse un par de veces para darles prioridad al pasar. El recién estrenado reglamento de tránsito de San Antonio así lo indicaba.

Para María, el tiempo y las ideas eran imposibles de enhebrar. Por un lado, el deseo de ver al doctor Chapman la rondaba todo el día. Lo sentía tan metido en el alma que quería contenerlo, aprisionarlo con el mismo celo con que se guardan los deseos prohibidos. Sin embargo, su enojo ante la victoria de Porfirio Díaz en las elecciones la hicieron lanzar algunas de esas palabras que había escuchado a su nana cuando creía estar sola. Comprobó que sí le ayudaban a mermar la ira. Decidió tomar un baño largo para apaciguar los pensamientos. Quería estar fresca cuando llegara el doctor. Pidió a la nana Refugio su vestido rosa *polignac*, el que su padre le regaló cuando cumplió quince años, su favorito. También que le arreglara el cabello con una cinta y un lazo discreto. Coloreó sus mejillas y labios a tono del vestido. Se miró satisfecha y lista para cuando llegara el doctor Chapman. Para su temperamento inquieto, esos minutos de espera se convirtieron en agonía. Intentó dar unas puntadas al bordado, se pinchó un dedo y con desespero lo lanzó sobre la cama. Tomó *Cosette*, el segundo tomo de *Los Miserables*: la batalla de Waterloo era aplazada porque la tierra estaba mojada y aunque le atraía descubrir qué sucedería con Napoleón, entonces oficial de artillería, no logró concentrarse. Dejó la novela de Víctor Hugo sobre su mesa de noche.

Bajó a tomar aire.

Matías y el doctor Chapman llegaron puntuales a casa de la familia Treviño cuando caía el sol. El aire que se filtraba por las ventanas abiertas de la sala hacían mecer las cortinillas de gasa con el mismo apremio con que se dilataba el corazón del doctor. Repentinamente, de entre ellas salió María con andar lento y seguro. Las cortinas la traslucían en una visión que al doctor le pareció etérea, frágil, hermosa.

La puesta de sol regalaba sus últimos destellos, traspasaba las cortinas y pulía el cabello de María con visos dorados como los listones que lo adornaban.

—¡Qué gusto que haya venido a cenar! —dijo mientras mostraba que podía caminar ya sin apoyo. Dio una vuelta con la falda al vuelo y flexionó una pierna en señal de gratitud.

El médico tomó su mano; la besó despacio, con dulzura. Y ella disfrutó de esos labios suaves que tantas veces había imaginado sobre los suyos. Incapaz de reaccionar, en su fantasía tomó aquel beso de su mano, lo recorrió a sus labios que ardían de deseo por el doctor, lo llevó hacia sus pechos y luego lo bajó hasta su vientre para que permaneciera ahí, cálido y sereno.

—Le traje esta novela, no sé si ha oído hablar de ella, pero creo que será de interés para usted.

María no la había leído, pero el título le llamó la atención.

—*Dos ciudades*. No imagino cuáles sean.

—París y Londres. Es la historia de la Revolución francesa, muy buen complemento para la historia que está leyendo.

—Gracias, estoy segura de que me gustará.

El doctor le ofreció su brazo, María lo miró. Por un breve instante el mundo se detuvo en la profundidad de esos ojos azules ya tan conocidos. Entraron al recibidor. Atrás dejaron el rumor de la tarde y el frescor de la brisa. Parte del cabello recogido con un lazo arriba de la nuca, lo demás suelto, ondeando, y la mirada baja de la joven enternecieron al doctor. La brisa suave traía consigo el perfume de violetas de María. Al paso de los días había aumentado en él el deseo de protegerla. De alguna manera, desde los cuidados y revisiones, hasta las tardes de charla en que conoció su carácter férreo y de ideas que en ninguna mujer había conocido. Entonces comprendió que por primera vez se había enamorado. Deseaba pasar con María el resto de sus días para complacerla. Adelantarse a sus pensamientos, ofrecerle su vida, sus anhelos y hasta esos versos que le inspiró escribir a los pocos días de haberla conocido.

—¡Qué gusto que por fin esta casa le reciba como amigo, Daniel! —dijo doña Inés mientras el doctor besaba su mano.

—Mis disculpas por haber aceptado su invitación hasta ahora. Las últimas semanas han sido de tanto trabajo que la noche me encuentra atendiendo pacientes.

Pasaron a la sala, María iba a sentarse junto al doctor cuando con una mirada su madre le indicó que se sentara junto a ella. Enrique ya estaba al lado de la chimenea.

—Habría preferido recibirle en la casa de Monterrey; pero ahora no es buen momento para estar en la ciudad.

—¿Por la epidemia de tifo?

—Puede imaginar que no pondría en riesgo a mis hijos, por eso decidimos alejarnos un tiempo y venir a San Antonio.

—Ya ha cobrado muchas víctimas, de las peores que ha afectado al noreste: trescientos muertos sólo en Monterrey.

Modesta ofreció volovanes rellenos de pollo, canapés de jamón con queso y pastes de flor de calabaza.

—Es una lástima para toda esa gente.

—Y una bendición que sus padres tengan a un médico en la familia, sobre todo en estas épocas de epidemia.

Las cortinas de la sala danzaban a su antojo. La oscuridad de la noche había obligado a encender las lámparas y la sala se inundó de un tono claroscuro y cálido.

—Le confieso que mi padre hubiera preferido que me quedara en Parras a atender los viñedos y la bodega.

—No sabía que su familia tuviera viñedos —mintió doña Inés—. Pensé que solamente eran de los Madero.

—En realidad son nuestra competencia: *rivales por la uva, enemigos eternos,* dice mi padre.

—¿Rivales?

—Es una larga historia. Se remonta hasta mi abuelo.

Doña Inés no dejó pasar la oportunidad para averiguar más sobre su familia. A María le incomodó, le pareció una invasión a la privacidad del doctor.

—¿Quién era su abuelo, Daniel? ¿De dónde era?

—Fernando Chapman. Vino de Inglaterra. Llegó a Parras y adquirió parte de la Hacienda de San Lorenzo de La Laguna, a la que rebautizó Hacienda de Perote.

—Supongo que el lugar será hermoso con todos esos viñedos —intervino María, que hasta ese momento observaba inquieta aquel interrogatorio.

—En primavera y verano la ciudad se convierte en un vergel. Es la época de la vendimia. Debería ir algún día, *Marie*.

—Pero tengo entendido que usted estudió en la Facultad de Francia —intervino Enrique mientras encendía un cigarrillo.

—Así es, en la Facultad de Medicina de París.

El golpeteo de caballos sobre la grava los distrajeron de la conversación. Apresurada, doña Inés se levantó a investigar el motivo de aquel revuelo y no tardó ni un minuto en volver.

—Hijos, llegó su padre. Doctor, llegó el general.

———⚬———

Poco había visto a mi padre esos últimos meses. Sus viajes a San Luis Potosí donde estaban apresados mi tío y el señor Madero por órdenes de don Porfirio lo habían mantenido alejado. Echaba de menos sus conversaciones en la mesa, las miradas de complicidad que me lanzaba cuando hacía enojar a mamá.

Más de una vez nos enfrascamos en discusiones sobre si el precio de la tortilla era indicativo para la economía o si tal o cual político debía ser castigado por corrupto.

Por ser terco, fogoso, determinado, me entendí mejor con él.

De niña lo veía jugar con mi hermano, pasear a caballo. Siempre en asuntos de hombres. Más de una vez deseé haber nacido varón. En especial esos días que los veía partir de cacería mientras yo me quedaba recargada en el resquicio de la puerta hasta que se perdían de vista. O cuando se lo llevaba a fumar con los señores y a mí me enviaban, con buenos modos y risas, a ayudar a mamá a disponer los coñacs que habrían de acompañar a sus habanos.

Papá era un hombre alto que destacaba por lo tupido de su cabellera, oscuras cejas y bigote de puntas curveadas hacia arriba. Había sido criado en Las Mercedes, una hacienda zacatecana que al paso de los años no conservó la riqueza, pero sí la gloria de esos aristócratas de títulos nobiliarios de Castilla que se enriquecieron con la minería de la zona.

Íbamos con frecuencia a la hacienda a visitar a los abuelos Camilo y Micaela. Cuando cierro los ojos, aún puedo oler el viento mientras desciende con la fragancia de los encinos que ribetean los arroyos de San Clemente y San Bernabé; escuchar al sol tostando las hojas de los árboles y el murmullo premonitorio de la lluvia.

Nunca olvidaré aquel día en que mi padre nos hizo abandonar nuestra tierra.

Argumentó que era importante que mi hermano tuviera mejores estudios; la verdad es que quería estar en el centro del cambio que se gestaba en el país. En ese entonces yo era una niña todavía. Me dolía separarme de los abuelos para irnos a esa otra ciudad de nombre pomposo: Monterrey.

La casa en esta ciudad del norte es sombría. Comparada con la de Zacatecas y con la de San Antonio su lobreguez resulta pesada. Cuando estoy en ella extraño los amplios ventanales de San Antonio que inundan todo el interior con su luz. Para leer tengo que acercarme a una ventana, sentarme cerca de una bombilla o de alguna vela. También los sonidos son distintos: más perturbadores. Tal vez porque la casa está sobre el Camino Real, una avenida muy transitada en la que los ecos del tranvía se cuelan testarudos a todos los rincones de la casa. Ese enjambre de ruidos no me deja pensar, a diferencia de la casa de San Antonio, donde la reflexión, la remembranza y la nostalgia son mis habituales compañeras.

En Monterrey todo es moverse, realizar tareas, salir a la calle. La misma ciudad recrimina la inacción. Está poblada de empresas de vidrio, luz, cerveza. El gran silbato de Fundidora resuena en cada rincón, dobla cada esquina y anuncia la hora de entrada y salida de los obreros. No nos deja en paz ni un solo día del año.

Tiempo después de nuestra llegada a Monterrey, militares y civiles entraban y salían de casa. Iban a diario. Tenían largas reuniones a las que me colaba de puntillas. *Pequeña María*, decían al mirarme, y pareciera que veían algo gracioso. No me daban importancia, y yo me quedaba en cuclillas; invisible en alguna esquina, los escuchaba con mucha atención: *No podemos esperar más tiempo; tenemos que actuar rápido*, decía una voz gruesa. *Los hombres de Díaz están reprimiendo cualquier rastro de antirreeleccionismo, es muy peligroso todavía. Sería mejor consultar con Pancho. Usted nada más diga, licenciado*, respondía otro. *Tendremos que instalar una base en San Antonio. ¿Quién se hará cargo? Enviaré a mi familia* —y por eso mi padre nos envió—. *En Puebla los Serdán nos haremos cargo. Bien, Aquiles. En Chihuahua, el general Orozco ya está organizando sus tropas. Esos serán los frentes más importantes. Habrá que elegir a algunas mujeres* —yo aguzaba el oído— *para enviar las comunicaciones y para distribuir la propaganda. ¿Mujeres? Esas deben estar como las escopetas: cargadas y detrás de la puerta*, reían. *Las mujeres y el pueblo mientras más ignorantes, mejor;* y volvían a reír. *Mis hermanas y mi mujer ya nos ayudan en Puebla*, interrumpió Aquiles Serdán con voz muy seria. *Sí: las mujeres serán un buen conducto*, carraspeó alguien más sin mucha convicción.

Por esas palabras que escuché siendo niña desde un rincón, soy lo que soy. Me calaron hondo en el espíritu, me abrieron la posibilidad de ser parte de algo importante, no sólo María, la que se queda en casa, la que borda y pinta.

En ese momento decidí que sería una de las mujeres que apoyarían los planes de papá, del tío Pascual y del señor Madero en el Partido Nacional Antirreeleccionista.

No tenía idea de qué manera lo lograría. Por eso, tiempo después, me propuse leer cuanta nota en el periódico, semanario o revista caía en mis manos sobre el antirreeleccionismo. En la *Revista Moderna de México* de enero de 1909 leí el poema «Fragmento», de Alfonso Cravioto, seguidor de los Flores Magón, con quienes estuvo encarcelado durante seis meses en la prisión de Belén y que me pareció que debió llamarse "El poema de los fuertes", porque sentí como si el poeta lo hubiera escrito para mí, para infundirme la fuerza que tanto necesitaba para cumplir mi cometido, segura de que no era una locura querer el voto para las mujeres y que de atreverme a luchar conseguiría al menos la tranquilidad de haberlo intentado.

Sé audaz y serás fuerte: la más divina gracia
que a los hombres Dios plugo conceder, fue la audacia.

71

Clava en tu ser la espuela de todo atrevimiento:
El genio es solamente la audacia del talento.
Persigue el fin más alto, la más ruda proeza,
y contra sino y tiempo levanta tu firmeza.

...

Las ideas que proponían los hermanos Flores Magón y sus seguidores hablaban de las quejas de los jornaleros, de los obreros, de las mujeres clamando por justicia. Por igualdad. Y me encantaba fantasear comparándolos con *Los Miserables*: *¿Qué es esta historia de Fantine? Es la sociedad comprando una esclava. ¿A quién? A la miseria. Al hambre, al frío, al abandono, al aislamiento, a la desnudez. ¡Mercado doloroso! Un alma por un pedazo de pan; la miseria ofrece, la sociedad acepta.*

Esa noche que llegó mi padre, trajo las noticias del fraude electoral.

Tras efusivos saludos y correr de gente para resguardar sus cosas en el recibidor, volvimos a sentarnos en la sala.

—¡Mira! ¡Pero si bien dice el dicho que más vale llegar a tiempo que ser invitado! —la voz de mi padre más sacaba truenos que palabras de su boca.

—El doctor Daniel Chapman —los presentó mamá.

—¿A qué debemos el honor? —preguntó extrañado.

—Ha estado atendiendo a María desde que se lastimó un tobillo.

—¿Pues qué no tiene boca el doctor, mujer? Déjalo que hable.

Yo pensé que el tono autoritario de mi padre podría amedrentar al doctor, pero él le sostuvo la plática con aplomo.

72

—Así es, general, la señorita *Marie* tuvo un esguince del que ya se ha recuperado. Doña Inés, amablemente, me invitó a cenar, y pues aquí estamos.

—¡Ah, pues qué oportuno! Porque vengo con mucha hambre. A ver si me regalan un whisky para acompañar al doctor —le palmeó la espalda mientras lo miraba de arriba abajo—. Pero, primero, ven para acá, María; dame un abrazo y un beso. Hace tanto que no te veo, has crecido y ¡estás más bonita!

Se dejó caer en un sillón y me preguntó cómo me había portado, a lo que él mismo respondió: más te vale que bien, porque si no, ya sabes que te ajusto con un estirón de orejas, y rio ante su comentario. Confío en que tu madre no habrá batallado contigo.

Cómo deseé que la tierra me tragara en ese instante por la vergüenza que sentí frente a su comentario, así que sin dudarlo le lancé una mirada áspera antes de responderle: *Papá, recuerde que hace años dejé de ser una niña.*

—Disculpe usted, doctor, a esta muchacha de repente se le sube lo Treviño; se empecina y mortifica a su mamá. A mí me causa mucha gracia; es más, en ocasiones me admiro de su valentía y coraje. ¿Ya le contaron del día que se le encabritó el caballo a su hermano en la hacienda de mis padres? Mi María, sin pensarlo, se puso frente a él y lo aplacó con el mismo aplomo con que lo hubiera hecho un caporal. Era una mocosa apenas. Pero ése ha sido el problema con ella: nomás se avienta, imprudente, sin pensar.

Sentí un ligero calor en el rostro y pude imaginar todos los tonos de rojo entintando mis mejillas.

—El doctor estaba por comentarnos de sus estudios en la Facultad de Medicina de París —intervino Enrique para rescatarme de la situación, lanzándome una mirada cómplice.

—¡Qué bien que haya ido a Francia a estudiar! La influencia francófona en nuestra vida y costumbres es innegable, un legado de don Porfirio, aunado a la grave pobreza que pone en riesgo a nuestro México.

—Y usted, doctor, ¿qué opina del gobierno?

—¡Ah qué María! ¿Ya ve lo que le digo, doctor? Esta niña se arroja así, directo. Pero bueno, aprovechando, díganos qué piensa.

—Para ser honesto, me he preocupado más por sacar adelante mi profesión aquí en San Antonio con la medicina privada, y en Parras con la gente del pueblo. Poco tiempo me queda para adentrarme en la política.

Sin embargo, sí habló de cuánto le preocupaba la situación en que vivía la gran mayoría. Mencionó los levantamientos indígenas y de campesinos. Y, finalmente, confesó haber encontrado en la medicina su vocación para ayudar a esas y a todas las personas en lo que les era más valioso, la vida.

—¿Y no ha pensado ejercer en Monterrey?

—¡Otra vez, María! Espera que este hombre se va asustar porque no te conoce, esas preguntas no se hacen.

—No se preocupe —intervino el doctor con una amplia sonrisa—, para mí no es ningún atrevimiento que las mujeres digan lo que piensan. Y, en cuanto a la duda de la señorita *Marie*, sí tengo algunos pacientes en Monterrey. Pero sólo voy cuando me mandan llamar otros colegas para ayudarlos en algún brote de epidemia, por la consulta de alguna amistad o cuando solicitan mi opinión en un caso complicado.

El doctor continuó hablando de la situación social que había en Parras. Cruzó una pierna y afinó la raya de su pantalón. Yo no podía dejar de mirarlo, me agradaba la manera en que ladeaba la cabeza al hablar, me perdía en sus labios generosos. Aunque verlo y escucharlo me resultaba una tarea casi imposible, no perdí ninguna de sus palabras hasta que finalizó diciendo: ahí crecí, ahí entre los viñedos y los campesinos. Aunque en Parras los de arriba no acostumbran bajar al pueblo, me las arreglaba para escabullirme y andar entre ellos. Las vides, los sarmientos y la tierra árida me forjaron, ahí andando en la plaza, entre los nogales y la muchachada, entre labradores y toneleros, entre guitarras y raídos zarapes. Por eso me hice el propósito de prepararme para ayudar a todos ellos.

—Es bueno saber que tras el médico hay un hombre de principios. Su familia debe estar orgullosa.

—Pues le diré, general, mi padre deseaba verme al frente de los viñedos. Sobre todo, durante los estragos que causó la *filoxera*, esa plaga importada de Francia por los Madero y que casi arrasa con todos los de Parras. Pero finalmente aceptó mi vocación por la medicina.

—Ah, ya veo. Usted es de los Chapman, de la familia de vinateros franceses.

—Así es, general: soy uno de ellos —y confirmó la enemistad que había entre su familia y la de los Madero.

—La mesa está servida —interrumpió mi nana Refugio.

La cena marchó relajada y sin ningún agravio, tanto que se prolongó hasta cerca de la medianoche que retiraron los platos.

75

El doctor me tomó del antebrazo para ayudarme a levantar de mi asiento. Sus dedos rozaron la piel que se asomaba bajo el encaje de mi vestido, que de inmediato reaccionó con una oleada cálida que se extendió por mi cuerpo hasta subir a mis ojos y reflejarse en ellos. Quise perpetuar ese momento, alargarlo en la intensidad de su mirada hasta que me dijera que sentía lo mismo que yo. Aunque algunas veces yo dudara si era un sentimiento real o sólo venía de mi imaginación exaltada.

Antes de despedirse, el doctor mencionó que iría unos días a Parras a atender con urgencia un asunto familiar que tenía pendiente. Me enojó saber que estaría lejos, pero no lo demostré. Al contrario, aproveché que mi padre tomó a mamá de la cintura y le habló al oído para escabullirme hasta el porche a despedir al doctor.

Nadie nos observaba. Sin pensarlo entreveré mis dedos en los suyos. El doctor tomó mi mano y la llevó a sus labios. Dio un paso atrás y me alejó de la luz del farol. Acerqué mi rostro al suyo, tanto que pude aspirar el olor a lilas embebidas en whiskey que despedía su cuello y entreabrí la boca. Por un instante fugaz sentí su suave roce, aspiré su aliento y si no hubiera sido porque de súbito me separó, me habría entretenido en la delicia de sus labios que tanto había anhelado y de los que ahora brotaba una disculpa atropellada.

Besó mi mano derecha y se fue dejándome en la más absoluta confusión.

20 de julio de 1910

La vanidad propia le dice al hombre qué es honor:
la conciencia le enseña qué es justicia.

Walter Savage Landor

Los viajeros saben que llegan a Parras porque desde lejos, a lo largo de la cordillera que resguarda la ciudad, se distingue el Santo Madero. El santuario está en lo alto de la meseta del cerro del Sombreretillo, lejano, solemne. Al mirarlo, sienten que esa tierra andrajosa y seca es imposible de olvidar, quizá por la polvareda que se mete por la nariz y se asienta entre sus venas, o porque ese mar de viñedos los llena de esperanza.

Lo mismo le sucedía al doctor cada vez que llegaba a Parras. Recorría el camino de piedra, los senderos angostos, el aire perfumado de uva y sarmiento y, sin advertirlo, aspiraba hondo hasta ensanchar el pecho; paseaba la mirada por el horizonte, sonreía al sentirse en casa. Además, el pueblo siempre lo acogía, en especial los niños que alrededor de su carruaje revoloteaban y zumbaban igual que abejas: ¡Llegó el doctor! ¡El doctor Chapman está de regreso! Hola, doctor. ¿Cómo está, doctor? ¿A qué hora comienza a consultar? Mi mamá está muy enferma, doctor. ¿Qué nos trajo? ¿De esos dulces ricos, doctor?

Aquella procesión de rostros cubiertos de tierra le producía un sentimiento que no sabía definir, algo parecido al cariño o a la nostalgia. Ese caluroso sábado de finales de julio, al entrar a Parras, no fue la excepción. Con una mano agitaba el cabello de los pequeños que avanzaban a su paso por la

Calle del Marqués hasta que cruzaron por la plaza para llegar a la hacienda.

El carruaje cruzó el arco de medio punto y avanzó sobre la avenida custodiada por añosos nogales. Más allá, junto a la acequia, los sabinos se elevaban hacia lo alto. El doctor sacó una mano para saludar. Gregorio, el jardinero, podaba las buganvilias y al escuchar el sonido del carruaje se irguió para devolver el saludo, agitando con vigor su sombrero de paja.

Desde los altos de Parras, la hacienda se alza orgullosa en memoria de don Pedrote, aquel indígena irritila que había asolado las caravanas españolas. El doctor guardaba en la memoria las fragancias y colores que, con la puntualidad de un reloj, lo invitaban a regresar cada primavera.

Entró por la cocina, el rechinido áspero de la puerta delató su presencia. Su madre se había negado a aceitar los goznes, ya que según decía, eran la mejor señal para delatarlo cuando regresaba a hurtadillas tras una noche de amigos. Tan pronto oía el concierto desafinado del roce del metal, tomaba nota de la hora de llegada de su hijo y si era necesario lo recriminaba al día siguiente; pero esa mañana, quien le dio la bienvenida con una gran sonrisa fue Carmela, la cocinera.

Apenas cruzó la puerta, los sentidos del doctor se avivaron: aspiró el aroma del café de olla con canela que bullía sobre la estufa. Tomó una cuchara y probó la nata reservada para los panes que se horneaban.

Cada piedra de la hacienda tenía la impronta de su infancia. Era su tierra, en ella se hallaban sus raíces, su familia.

Ernesto, su padre, había sido un educador estricto. De él aprendió a amanecer antes que el día. A entregarse por completo a su trabajo, con empeño, una y otra vez hasta lograr la perfección: su padre, en la lozanía de los vinos; él, en la de las personas. En más de una ocasión lo acompañó noches enteras sin dormir con las manos en la tierra para sembrar los nuevos injertos y reconstruir lo que la plaga había arrasado. A su lado, en todo momento, había estado Josefina, su madre. Ella, con aguda intuición, había desarrollado la capacidad de percibir los estados de ánimo, de interpretar gestos, palabras y silencios. Esos silencios que tanto le oyó al doctor mientras decidía estudiar medicina al otro lado del mundo o quedarse en la hacienda para cumplir el deseo de su padre.

El doctor pasó por el gran salón y se sentó al piano de cola que estaba al centro. Tecleó las primeras notas de la *Sonata Facile* de Mozart y constató que la tecla de *Do*, muda desde su partida, continuaba igual, silenciosa.

Apenas oyó Josefina la suave música corrió a encontrar a su hijo. A cada paso su corazón se alegraba. No había día en que no pensara en él. Si bien se complacía de verlo convertido en médico, esa zozobra de no tener noticias suyas por largos meses, de no saber si era feliz, si estaba sano, si comía carne y verduras *como Dios manda*, la acongojaba de vez en cuando.

Se abrazaron largo. Josefina escuchó la respiración pausada de su único hijo con el deseo de retenerlo intacto en su memoria, de guardarlo para ella y recordarlo en los días en que extrañaba su presencia.

A los pocos minutos de su llegada se había reunido una fila de pacientes que lo mantuvo ocupado el resto del día. La convivencia con su familia tendría que esperar hasta la noche.

Atendió de todo un poco: desde gripes simples hasta algún absceso hepático. Terminó exhausto, pero feliz.

Tomó un baño caliente antes de reunirse con sus padres para cenar. Sumergido en la bañera volvió a recordar a María. En vano luchó por alejar de su mente ese gesto suyo al levantar un poco la nariz cuando un tema le interesa o, por el contrario, retraerse cuando se concentra en sus libros; la profundidad de su mirada de miel, brillante si está molesta, y el ímpetu con que su voz acompaña sus frecuentes charlas sobre política o los derechos de la mujer. No podía entender por qué esa joven lo había fascinado desde el día que la conoció en su consultorio, por qué vino a trastocar su mundo ordenado; a él, el médico, el hombre práctico que consideraba al amor una ficción de novela. Y que ahora, a sus treinta años, veía sus emociones confundidas, hasta llegar al extremo de escribir poemas románticos para ella, de estar dispuesto a traicionar sus principios en aras de estar a su lado, porque la idea de estar comprometido con otra mujer lo llenaba de enojo. En ese instante decidió que enfrentaría a sus padres durante la cena.

—¿Qué día llegará Angélica? —la pregunta flotó un par de segundos sobre el ambiente.

—En dos semanas estará aquí, Daniel. Ya están hechos los arreglos con don José.

El doctor frunció el ceño. Pasó inquieto el resto de la noche. Buscaba un momento oportuno para comunicar a sus padres sus sentimientos por María. Cuatro meses atrás le habían anunciado que lo comprometerían con Angélica Limantour. En aquel momento la noticia no le había provocado ninguna reacción, sintió cierta curiosidad por conocerla, por averiguar cómo sería, ya que lo último que recordaba era a una niña con oscuros rizos en la frente. En ese momento, incluso, le había parecido una decisión acertada, dada la amistad entre su padre y don José, uno de los hombres más cercanos a don Porfirio Díaz. Creyó, al igual que su padre, que esa alianza beneficiaría las bodegas y los viñedos, pero, sobre todo, garantizaría el trabajo a las familias que vivían de ellos.

Sin embargo, ahora la situación era distinta: la curiosidad se había convertido en recelo; el compromiso en una cadena que deseaba romper a pesar de las consecuencias, y Angélica en esa mujer a la que ya no deseaba conocer y mucho menos recibir como esposa.

—¿Ya decidiste dónde van a vivir, Daniel? Porque no podrás continuar igual que ahora, entre San Antonio y Parras todo el tiempo.

—Es prematuro hacer planes.

—Te has tardado en comunicar a la familia de Angélica qué has pensado hacer —dijo su padre con firmeza—, el matrimonio es un compromiso con toda la familia.

—Todo lo hará en su momento, no es bueno adelantarse, querido. Ya verá Daniel lo que mejor les convenga —intervino Josefina.

El doctor Chapman abrió su reloj y leyó su inscripción: *Ejerce tu medicina con honor y pasión.* Descubrió en ese momento, en esas palabras leídas a diario, honor y pasión, la ambigüedad de su significado. Si al iniciar su carrera, el honor y la pasión fueron motivo de aliento ante el cansancio, de esperanza frente a la incomprensión, de alivio ante el desencanto de la muerte, ahora cobraban un nuevo sentido. El honor por su palabra ante Angélica era requisito a su condición de caballero, aunque la pasión que le había despertado María le robara cada vez más sus pensamientos. Esas palabras, antes veneradas, hoy le resultaban irreconciliables.

Había aceptado ese compromiso confiado en la costumbre de su familia. Así lo hicieron su padre, su abuelo y el padre de su abuelo antes que él. En ningún momento dudó, ni pensó siquiera en objetar el compromiso con Angélica Limantour. Dio su palabra, libre y consciente, para casarse con ella en la fecha que fijarían las familias durante el anuncio del compromiso. Que sería pronto, según la tradición.

Pero eso fue antes de conocer a María, antes de enamorarse de esa joven con fiera mirada. Antes de que la fragilidad de su cintura y su cabello rubio, suelto, sin listones si su madre no estaba cerca, le dolieran más que los efectos que, tiempo después, le provocaría dejar de tomar el jarabe de heroína contra la tos.

Nunca se había lamentado de nada en su vida y ahora se lamentaba de esa decisión. Quería zafarse, regresar el tiempo, deseaba que don José Limantour se retractara, que encontrara un mejor partido para Angélica, que algún suceso les impidiera seguir adelante. Pero era un hombre, no podía justificar su decisión.

Pensó en hablar con su padre, disuadirlo de seguir adelante con ese compromiso. Pero estaba su palabra de por medio y la palabra tenía valor de contrato. No se dudaba de ella si el que la daba era un hombre honorable. Traicionarla equivalía a arrastrar de por vida la deshonra. Su palabra y su honor ya no serían suficientes para el comercio del vino, para las alianzas con otros vinateros, desconfiarían de él.

Y para su madre, implicaría la vergüenza social. Porque, ¿quién cancela un compromiso de matrimonio si no formal, ya por todos conocido? Su madre tendría que retirarse de su círculo de amistades hasta que los rumores se acallaran, hasta que su paso por la acera o su entrada a la iglesia no provocara cuchicheos y murmullos.

Para Angélica la humillación sería absoluta. A pesar de la distancia con la capital del país, esa marca de repudio la seguiría a donde fuera, difícilmente iba a recuperarse.

Y, por otro lado, de cumplir el compromiso con Angélica, qué sería de María, qué sería de él.

—⁓—

El día se había convertido en mi peor enemigo. Las horas se diluían en rutinas sin ningún interés para mí. Los minutos corrían despacio, uno tras otro, más lento que de costumbre, desesperantes. Y por momentos todo se confabulaba en mi contra para recordarme al doctor: las muletas aún recargadas tras la puerta, ligadas a esas mañanas en que venía a revisarme; los comentarios de mi madre planeando invitarlo a cenar, con el tino meridiano de traérmelo a la memoria cuando ya había logrado distraerme con la labor de costura. Para colmo, el olor de los lirios que alcanzaba a entrar por la ventana, formaba una estela que me recordaba su colonia, la que olí cuando me acerqué a su cuello. Y mientras evocaba esas imágenes yo sólo ansiaba la noche para hundirme en las sábanas y en ese momento que me gustaba reproducir una y otra vez.

Luego me perdía enlistando en mi mente las razones para amarlo y no amarlo: mis papás lo aprueban por provenir de una de las mejores familias de Parras, cuando a mí lo que me fascina son esas sensaciones que despierta en mi cuerpo al verlo y oír su voz. Su familia tan cercana a Díaz no tomaría bien mi lucha por el voto femenino, razón suficiente para olvidarme de él, ya que por nada ni por nadie olvidaría mi lucha. Sin duda, su corazón generoso y noble me apoyaría, pero quizá podría cansarse de mis ausencias por dedicarme tanto tiempo a los asuntos de la política, aunque con suerte coincidirían con las muchas horas que dedica a sus diligencias. Con seguridad amaría siempre esos ojos grandes y azules; pero quizá algún día sus labios me lanzarían hirientes palabras de reproche, difíciles de perdonar.

Era inútil, por más intentos que hacía no podía olvidarlo. La sensación de soledad me hacía deambular por cada una de las habitaciones de la casa o me abstraía hasta que el vacío se adueñaba de mí. Ese pozo enorme sustraía mis pensamientos, cada sensación y todo deseo. Me disolvía, disociada de la vida, deshabitada, y me hacía hundirme en un estado de ausencia.

—*Nita, mi'nita* preciosa, ¿qué haces ahí recargada en la ventana? ¿Estás mirando ángeles en el cielo?

—Ay, nana, ojalá. ¿Cuáles ángeles? Es sólo que la vida es injusta.

—Yo lo que veo es que algo te carcome por dentro. No me engañas. A mí no, *mi'nita*. Qué se me hace que esa cara que traes es de enamorada por el doctorcito.

Mi nana siempre adivinaba mis pensamientos. Pero yo no quería compartir con nadie lo que sentía, menos con ella que me conocía antes de nacer. Desde que estaba en el seno de mi madre mi nana le había anunciado que sería una niña, pero que, a diferencia de otras, sería inquieta, tozuda y de permitirlo *Teteoinam*, hasta hostigosa. Lo cierto es que los nueve meses de gestación la envolvieron tales oleadas de mareos y náuseas, que siempre tuvo cerca una bacinica, por si le ganaban las ansias de volver el estómago. Por eso dicen que cuando nací mi nana exclamó: ¿lo ven? Si ya lo había dicho yo... Es una niña ¡Y la que nos espera con ella, porque no sabrá estar apaciguada!

Desde ese día, mi nana se volvió tan inseparable como años después lo sería mi corsé. Siempre estaré contigo, *mi'nita*, me decía todo el tiempo, en las buenas y en las malas. Al fin huasteca, de su alma musical y de mis recuerdos son las canciones de cuna que, con voz plañida de ecos de la montaña, de su mundo misterioso y moreno, cantaba para apaciguarme el llanto.

Koonex koonex, palexen Xik tu bin, xik tu bin, yokol k›in.
¡Ay! ¡Ay!
Estoy llorando, así como llora un niño.

Por entre las pestañas veía sus ojos negros asomados sobre mi frente, sentía su aliento, el mismo de ahora, a canela y tomillo, chocolate y maíz.

¡Eya! ¡Eya! Tin uok›ol Bey in uok'ol chichán pal.
Vámonos, vámonos, niños ¡ya! Se va, se va ocultando el sol.

Desde la ventana, entre sus cantos, la luz se difuminaba y dibujaba sombras en las paredes, aquí un conejo, allá una espiga, más lejos una rama que columpiaba sus hojas.

Le tun téecho'x—mak'olal Yan tu k‹in a uok‹ostik.
Y entonces tú, perezosa, algún día has de bailar.

Mi imaginación danzaba entre las notas de su voz venida de la montaña, de los arroyos y las gavillas de trigo. Bailaba con el recuerdo de los efluvios de la cocina y los juegos a la sombra de la higuera.

Koonex, koonex, palexen Xik tu bin, xik tu bin, yokol k‹in.
Estoy llorando, así como llora un niño.

¡Eya! ¡Eya! Tin uok‹ol Bey in uok'ol chichán pal.
Vámonos, vámonos, niños ¡ya! Se va, se va ocultando el sol.

Repicaban sus palabras en mis oídos. Cubría mi cuerpo con una sábana y con su canto me arropaba el sueño cargado de parpadeos renuentes, que sin darme cuenta caían vencidos hasta que el nuevo sol me llamaba a otra jornada.

Desde hacía muchos años mi nana había comenzado a usar falda y blusa de algodón, comunes en el norte de México, pero de vez en cuando, al celebrar alguna fiesta de sus ancestros, se vestía con las prendas de su tierra que a mí tanto me gustaban. Esa mañana traía falda negra de percal y blusa rosa con adornos en la pechera, sobre la que a veces, según el calor, colocaba el *quexquémitl*. Traía bordado el árbol de la vida con estambre de colores. En el cabello llevaba un tocado igual al de las figurillas arqueológicas: un rodete alrededor de la cabeza en forma de corona, el *petob*, que hacía con madejas de estambre de colores pasando el cabello alrededor, desde la nuca hasta la frente. La única vez que me hizo uno igual, mamá apretó los dientes y dijo con enfado *quítate eso de la cabeza*.

—No digas tonterías, nana.

—*Nita mía*, no ves que en los amores la sufridera puede ser muy mala, sobre todo para un corazón pizpireto como el tuyo. Y yo no quiero que sufra mi niña linda.

—No te apures, nana; no estoy enamorada y nadie me va a hacer sufrir.

—Pues entonces cambia esa cara y nomás te digo que si alguien te hace daño, por ésta —se besó los dedos en signo de cruz— que lo mato.

Nunca dudé ni por un segundo de lo que decía mi nana Refugio, porque todo el tiempo estuvo tras de mí, adherida como mancha de chile colorado sobre tela blanca. No faltaba el día en que intentara alcanzarme antes de trepar a las ramas de la higuera del traspatio, los holanes de su falda ondeaban entre sus desparpajadas zancadas y sus huaraches retumbaban sobre las baldosas de barro. Para cuando se daba cuenta yo ya estaba fuera de su alcance. Me encantaba mirar los trozos de cielo que se vaciaban entre las ramas de los árboles mientras subía hasta encima de las copas a admirar el horizonte, embelesada ante el amanecer o los atardeceres de verano. Desde ahí contemplaba los reflejos rosas y azules en las nubes, igual que enormes madejas de algodón de azúcar. Imaginaba que de llegar a ellas, podría aspirar su dulce fragancia. También me gustaba ver todo desde arriba. Cómo rodaban los aguacates desde el techo de dos aguas, a las gallinas revoloteando hacia un lado y otro del corral. Monterrey tenía otra perspectiva desde aquella rama de la higuera. La visión de ese mundo me pertenecía sólo a mí.

Enojada por fuera, aunque orgullosa por dentro, mi nana se sentaba al pie de la higuera hasta constatar que *su niña* hubiera bajado del árbol, pisado tierra y estuviera fuera de peligro, de partirse la cabeza o algún hueso por caer desde aquella altura.

Desde entonces la quiero, a veces pienso que más que a mi mamá.

—Mira, nana, mejor ya vete a la cocina o a lo que sea que estés haciendo.

—Pues vine a decirte que dice doña Inés que luego que terminen de comer van a ir de visita a la casa de los Solís. Para que te arregles de una vez.

—¡Qué lata, nana! Entonces ayúdame a sacar mi vestido color perla.

—¿El que no te gusta?

—Ese mero.

Ir con los Solís equivalía a ir a un funeral. No, creo que algo peor: era ir dentro del ataúd. Así era la experiencia de estar cerca de Julián, el hijo menor de la familia, un mocoso que aprovechaba cada minuto en que nadie lo veía para levantarme las enaguas. Bien recuerdo que cuando me quejé, dijeron que era imposible que el pequeño Julián se hubiera atrevido a hacer algo así, que eran figuraciones mías. Hasta que una vez quiso meter su cabeza de cabellos colorados por debajo del fondo y la crinolina. Fue tal el coscorrón que le di, que desde entonces se asentó el antecedente en mi contra. Así que cada ocasión que me molestaba me las tenía que ingeniar para evadirlo con toda clase de excusas, de las que se inventan para evitar ir a los funerales o librarse de un regaño.

Ni modo. Tendría que ir con los Solís e ingeniármelas para eludir las mañas de Julián. Y lo peor era que todavía me considerara igual a él.

Ese crío se empecinaba en no dejarme crecer: me buscaba para jugar a las canicas, a la *bebeleche* o a la ronda. Entonces me di cuenta que eso mismo nos puede pasar con los que amamos: impedirles crecer; reducirlos a nuestros deseos. Quitarles la libertad, porque su libertad nos da miedo. Mejor cortarles las alas, las ambiciones. Eso no podría suceder entre el doctor y yo. Porque qué amor sería el que no busca lo mejor para el otro. Amor egoísta no es amor. Amor de celos no es amor. El verdadero amor es la libertad del otro. Decidí entonces que si el doctor y yo llegábamos a amarnos tendría que ser en libertad.

Sin encontrar pretexto para evadir la visita a casa de los Solís, no tuve otro remedio que ir a pasar la tarde con ellos. En varias ocasiones mi madre me levantó la voz: María, responde a doña Lucrecia, te pregunta si ya terminaste la labor de costura con los dos colibríes. Y me lanzaba una mirada de planchar camisas a la que sólo le faltaba humear el vapor por los ojos.

—Perdón, me distraje.

A los pocos minutos llegó Romelia, la hija de los Solís. Era tres años mayor que yo y a diferencia de Julián, su trato siempre fue amable conmigo. Esa tarde pidió permiso para ir al Majestik[2] con una amiga, pero la negativa de su madre fue rotunda.

—¿Por qué a mi hermano sí lo dejan ir?

—Porque él es hombre.

—¿Y eso qué tiene que ver?

—Las mujeres decentes no van solas al cine. Así son las cosas.

La hija de los Solís dejó de discutir. Los ojos enrojecidos hablaban de su impotencia, de las diferencias entre hombres y mujeres, incluso en situaciones tan insignificantes como salir al cine. Se despidió con una sonrisa forzada, dio media vuelta y se encerró en su habitación.

Sentí pena por ella y advertí que las distinciones en el trato entre hombres y mujeres sucedían en todas las familias. En la nuestra, Enrique y papá se iban de cacería o de pesca, yo los veía alejarse desde el resquicio de la puerta. Las primeras veces me entristecí mucho, hasta que un día me acostumbre a verlos partir: los hombres podían pescar o cazar, las mujeres nos quedábamos; mi hermano viajaba solo de Monterrey a San Antonio, salía y regresaba de casa sin que nadie le pidiera explicaciones, para mí era impensable; él montaba a horcajadas, yo de lado; a Enrique lo enviaron a estudiar Derecho en la Escuela de Jurisprudencia, a mí me dieron la educación básica en el colegio de religiosas y un tutor que me enseñó inglés y francés; aunque también tenía permitido leer, bordar, tejer o dibujar.

---

[2] Aunque el cine Majestik fue inaugurado en 1929, me concedí la licencia para recrear lo que a inicios de la época del cine se convirtió en una costumbre entre la sociedad.

Agradecía lo que había aprendido, pero darme cuenta de que, pudiendo proveerme la misma educación que a mi hermano, mi padre no lo hizo porque era mujer, me desquebrajó por dentro. Comprendí que la lucha no era sólo por el voto, las mujeres tendríamos que derribar cada larguero de la cerca con la que los hombres nos custodiaban.

Salí al cobijo de la veranda para ver si el frescor de la tarde serenaba mi enojo. El pequeño Julián me vio y aprovechó la oportunidad para sentarse a mis pies. A sus ocho años, fingía jugar con un camión de lámina, azulado y largo, lo veía de reojo y expectante por ver qué haría en esta ocasión. Poco tardó en levantarme un poco la falda que reposaba sobre las baldosas para colocarla sobre mi zapatilla. Volvió a tomar su camión, rumbando de un lado a otro. Me mantuve inmóvil, al acecho en ese juego de cacería entre gato y ratón. A los dos minutos levantó el holán sobre mi tobillo y volvió a centrarse en su juguete. Deslicé un poco la pierna y la falda volvió a su lugar. Julián se removió y de nuevo me subió la falda, esa vez y con mayor atrevimiento, hasta mi pantorrilla. De inmediato le di un manazo que lo mantuvo a raya por un tiempo y me permitió seguir divagando.

Dejé el enojo a un lado y pensé en el doctor.

Me encantaba volver a esa noche en que salí a despedir al doctor; al contacto suave de sus labios sobre mi piel; hacia ese beso que depositó en mi mano y que yo guardé en mi entraña.

¿A qué sabría un beso suyo? Imaginé la punta de mi lengua rozar y recorrer sus labios, delineándolos hasta que se fundiera con su boca.

Añoré estar sola para desear su cuerpo, para sentir la fuerza de sus brazos, aspirar su olor de hombre, recargarme en su pecho, asir el hueco bajo su brazo y permanecer quieta, callada.

¡Que ya se haga de noche!, dije con vehemencia. Sacudí mi falda, acaricié el corsé que me contenía. Suspiré.

El crío abrió mucho los ojos y me miró sin entender. Continuó con su juego y yo me quedé unos momentos en paz hasta que mi madre se me acercó.

—Ven conmigo a la sala, doña Lucrecia quiere que conozcas a su hijo mayor. Es muy buen partido, como primogénito heredará los negocios familiares en Monterrey.

—¿Para qué, mamá?, ya sabe mi manera de pensar.

—No seas grosera, María, levántate al menos a conocerlo.

Ahí estaba Alonso, el hijo de veintidós años, una versión crecida del pequeño Julián, pero afeada por la edad. El cabello hirsuto y rojo, un rostro blanco cubierto de granos y una sonrisa boba.

—María, siéntate un momento para que converses con Alonso.

—No puedo, mamá, me siento mal, por favor vamos a casa. Lo siento, doña Lucrecia, se me revolvió el estómago.

Salimos a paso apurado, mi madre, con el ánimo visiblemente alterado evitó dirigirme la palabra durante todo el camino. A ratos la veía de reojo y sus labios formaban una línea apretada, de ira contenida.

Tan pronto llegamos a casa, me tomó del brazo y a gritos llamó a mi nana.

—María está castigada. Asegúrate de que friegue todos los pisos de la planta baja y de que no vaya a la cama hasta que termine. Y tráeme los libros esos que tanto lee, seguramente estará sacando malas ideas de ahí. Los confiscaré dos semanas.

Mi nana asintió a cada palabra y corrió a mi habitación por los cinco tomos de *Los Miserables*.

—No te perdonaré la vergüenza que me hiciste pasar —caminaba como fiera enjaulada—, ni se te ocurra pedir de cenar, y si tu padre y yo decidimos que te cases con Alonso Solís, con el doctor Chapman o con cualquier otro, así se hará. No habrá dolor de estómago ni excusa que impida que se haga lo que creamos conveniente para ti.

Subí llorando a mi recámara, Refugio me ayudó a quitarme el vestido, el corsé y sacó un vestido liso de algodón. Mi madre se encerró en su habitación con un portazo.

De rodillas, con un cubo de agua y jabón, cepillé la duela de mezquite del comedor, conforme enjuagaba y secaba cada tramo sentí deseos de irme de casa, añoré la presencia de papá que con seguridad habría detenido ese castigo, pensé en el doctor y lo que pensaría de verme así. Como era de esperar mi nana se ofreció a ayudarme, pero preferí negarme a que sufriera un regaño por mi causa. Ella no había hecho nada malo. Habían pasado tres horas y las manos me dolían, las punzadas en la espalda me impedían apoyarme en las rodillas para fregar la cubierta de madera. Cada movimiento se volvía un suplicio. Sentí pena por Modesta, que cada quince días tenía que pasar por este tormento. Tomé la resolución de ayudarle con la sala cada vez que la viera de rodillas y de algún modo aligerarle esa responsabilidad. Una hora más me llevó terminar de limpiar el vestíbulo, el comedor, la sala y la cocina; me dolía todo el cuerpo, se me habían ampollado las manos con el roce del cepillo y no podía sacarme de la cabeza la idea de verme casada con Alonso Solís. ¿Por qué la vida era tan injusta? Desde que era una niña había escuchado del deber, del trabajo, del ahorro, de las formas, de prepararme para ser esposa de alguien. De alguien que, si tenía suerte, me trataría bien, me daría mi lugar y no tendría amantes como la mayoría acostumbra. Un hombre al que servir y respetar, sin importar si era bebedor o agresivo, si su tono era dulce, altanero o déspota.

¿Dónde quedaba yo? En ese mundo, yo no existía.

No comprendía a las jóvenes que se ilusionaban con los prospectos y con aprender a tocar el piano, dibujar, bordar y hablar otros idiomas. ¿Por qué no podía ser como ellas?

Mi nana esperó a que terminara, fue testigo, con ojos llorosos, de que mi castigo se cumpliera.

—¿Te ayudo a quitar el vestido, *mi'nita*?

—Gracias, nana. Sin corsé puedo desvestirme sola.

No alcancé a meterme entre las sábanas, caí rendida sobre ellas de cansancio y de pesar.

❧

Esa mañana de verano ningún centímetro de la ciudad escapaba a la explosión de sol. La hostigaba. Ardía. La locomotora del Regiomontano anunció su llegada a Saltillo con un toque largo de silbato. Los rieles trepidaron desesperados por desprenderse de los clavos que los incrustaban al suelo. Levantaron de golpe la gruesa capa de polvo acumulada sobre ellos. La locomotora salió de entre una nube de vapor. Tras ella, dos furgones cargados de carbón cruzaron despacio y al final, cuatro coches de pasajeros.

En apenas unos minutos la estación de trenes hervía de comerciantes apurados; padres distraídos con hijos perdidizos que corrían desaforados entre faldas y piernas; pasajeros acalorados que en el andén a cielo abierto arribaban desde el frescor de la Ciudad de México. Familias felices por concluir ahí su viaje; las menos afortunadas, para continuarlo hasta las todavía más violentas temperaturas de Nuevo Laredo.

Un grupo de cargadores, de rostro cansado, arrastraban pesados baúles de ropa. Al igual que a las hormigas arrieras, la superficie pedregosa hacía de su esfuerzo un calvario. Bajo el brazo sostenían cajas de sombreros o maletas en los hombros, mientras regaban escupitajos que las mujeres esquivaban con pequeños saltos para mantener incólumes sus suaves zapatos de raso. Más allá, entre los rieles, algunos guardagujas con los overoles cubiertos de grasa y los cuerpos empapados de sudor, movían los furgones repletos de oro, plata, carbón o trigo, que en poco tiempo sería comerciado en San Antonio.

Bajo el único alero del andén, Ernesto y Daniel, enfadados, aguardaban en silencio. Habían tenido una larga discusión la noche anterior tras la sentencia de su padre de anunciar su compromiso al día siguiente, tan pronto llegaran los Limantour. La fecha de la boda se fijaría durante una cena con los más allegados.

—Deberíamos esperar un tiempo, unos días. Angélica podría decepcionarse o cambiar de idea. No le veo caso a apresurarlos. Además, he pensado que es una idea arcaica tener que soportar a una pareja a la que ni se ama ni se desea.

—¿A qué viene todo esto? ¿Desde cuándo te preocupas por quién será tu mujer? Basta, Daniel, Angélica será la madre de tus hijos, la que te dará descendencia y ampliará tu fortuna. ¿Qué más puedes pedir? El amor y el deseo son tonterías, ideas vacuas de quienes no tienen ni tendrán un capital porque no saben anteponer lo que hay aquí —señaló la cabeza—, contra los impulsos del cuerpo. Para eso, ya deberías saber que bien podrías buscarte a una mujer que te complazca, alguna de las campesinas de la hacienda. Ahí está Santiaga, bien que te sigue con la mirada cada vez que llegas, y a la que te he visto rondar más de una vez.

El doctor Chapman se había molestado al verse descubierto, aunque sabía que en la hacienda cada peón, capataz y sirviente eran ojos y oídos para su padre. De nada le había valido tanta cautela para no ser visto ni escuchado durante esos atardeceres en los que se prodigaban caricias bajo el arrope de alguna vid.

—Son situaciones distintas, padre —repuso airado—, cómo puede comparar pasar la vida con una mujer a la que quizá no pueda soportar.

—Mira, Daniel —y con esto dio por zanjada la discusión—, nada más no me vayas a salir con que te quieres retractar de tu compromiso con Angélica. Porque por ningún motivo lo voy a permitir.

—No se preocupe, padre, no lo haré.

Ajena al disgusto que padre e hijo habían tenido la noche anterior, Josefina sonreía ilusionada por saludar a los Limantour. Hacía tiempo que no se veían. Su sonrisa fue lo primero que vieron don José y su mujer cuando descendieron al andén.

100

El ala de un sombrero blanco, inmaculado, rematado con una cascada de lazos nácar, inundó el rellano del vagón. Algunos rizos negros, desordenados, se agitaron sobre la frente de Angélica y cayeron a la altura de su cuello. Con mano nerviosa, acariciaba el collar de dos hilos de perlas que pendía de su cuello. Si bien recordaba con gusto aquellas tardes de su infancia en la Ciudad de México, cuando Daniel y su familia los visitaban, desde que su padre le hizo saber que se casaría con él, el temor de encontrarse con un hombre vano y hueco le quitaba el sueño y la tranquilidad. Respiró hondo. Sus ojos oscuros recorrieron el lugar. Deseaba memorizar esas imágenes que le suponían su compromiso; cuando terminó de recorrerlo todo, sus ojos se posaron sólo en Daniel. Reconoció de inmediato esa mirada celeste. Se ruborizó. Tomó su falda y con un gesto delicado la levantó unos centímetros para bajar el primer peldaño.

Daniel se quedó perplejo ante la palidez de esa piel joven que contrastaba con el azabache de su cabello. La fina nariz recta, un poco alargada hacia el frente, le daba un aspecto seguro. La sonrisa carmesí, de labios gruesos, similar a la de Santiaga que innumerables veces había besado desde su juventud.

Se apresuró a ayudar a Angélica a bajar del vagón. El roce de su guante descargó un golpe de corriente eléctrica que lo obligó a soltarse de inmediato, en un segundo intento pudo asirla. Apenas pisó el andén, besó su mano.

En la mente del doctor Chapman resonaron las sentencias que su padre solía decirle en su infancia, cuando seas mayor te vamos a buscar una buena esposa, con ella vas a formar una familia. Sí, será igual de bonita que tu mamá.

En su adolescencia: —¿Verdad que cuando crezcas serás el señor de la hacienda? ¡Claro que será para ti!, ¿para quién más? Confía en nosotros.

Al iniciar sus estudios de medicina: —La mujer que elijamos para ser tu esposa, será una gran dama. Mira a tu madre y a tus tías Viesca. No pienses que haremos una elección a la ligera, Daniel, eres lo que más nos importa.

Y en los últimos meses: —No ha habido ningún varón que haya roto esta tradición en la familia de los Chapman, así ha sido siempre y así será.

Si haberse inclinado por estudiar medicina le había provocado a su padre un disgusto que sólo el paso de los años pudo paliar, era consciente de que negarse al matrimonio con Angélica significaría la ruptura definitiva con toda su familia y él no quería llegar hasta ese extremo. Por un instante pasó por su mente la idea de estar con la mujer impuesta y con la que le había robado la razón.

Se imaginó con María sobre la hierba, entretejiendo sus dedos a las madejas de su cabello rubio, levantando su falda hasta dejar al descubierto sus piernas blanquísimas, trazando su inicial con el índice y subiendo lentamente hasta su vientre. Sacudió la cabeza y entonces la vio a caballo, galopando con la falda alzada y el cabello suelto. La imaginó sin hijos, no quería que nada amenazara la brevedad de esa cintura.

Quería a María sólo para él.

Pero estaba Angélica.

Con ella se veía sentado a la mesa, en un comedor muy largo; la hilera de sillas, de altos y curvos respaldos, ocupados por rostros anodinos en una cena interminable. El rostro sereno de Angélica era tan perfecto que quiso tomarla de la mano, pero cada vez que lo intentaba, se desvanecía entre sus dedos, mientras ella sonreía con una mueca desconocida, perfecta, pero nimia. Un puñado de críos se aferraba a la amplitud de su falda de seda, le impedían acercarse más. Angélica lucía feliz al levantarse y tomar de las manos a cinco niños y dos niñas.

No podría hacerle eso a ninguna de las dos, además de que daba por hecho que no lo permitirían. Tendría que decidir enfrentar a su padre y a don José Limantour, avergonzar a su madre y a la propia Angélica, si de verdad quería tanto a María.

El silbato de la locomotora lo regresó de golpe de sus cavilaciones. Los Limantour y los Chapman partieron en dos carruajes hacia Parras. Comenzaba el mes de agosto y la vendimia estaba en su apogeo. El sol fustigaba a la tierra, a los animales y a las mujeres que, entre sombrillas y abanicos, transpiraban sin cesar. Angélica había crecido en el benévolo clima de la Ciudad de México, por lo que la aridez de ese desierto le causaba estragos, el negro cabello se le encrespaba, y ella, con delicadeza, lo volvía a peinar.

En un tramo del trayecto, Angélica levantó la cabeza y se admiró ante el bosque de yucas con formas de gigantes esbeltos estirándose para alcanzar el sol, elevando sus puntas sobre el velo de esa eterna polvareda que habita en las tierras del norte. Era un paisaje muy distinto al de la capital, de picos nevados y tierra fértil. Angélica evocó lo que tanto le había dicho su madre: aunque sea árida, comiénzala a amar que será tuya. Quiérela antes que a tu esposo, a la tierra se ama primero, porque ésa es la que nos ve nacer, de ahí venimos.

Angélica había sido una mujer práctica, consciente de que por su belleza siempre obtenía lo que deseaba. Lo aprendió desde muy niña. Una mirada intensa, franca y enmarcada por una media sonrisa hacía que su nana corriera entre los tres pisos de la casa de la avenida Juárez, hasta encontrar su muñeca con cara de porcelana. Más adelante, descubrió la fuerza de una ceja al levantarse para abochornar a su madre ante un regaño y conseguir su perdón y su abrazo. Por último, aprendió que una mirada baja y discreta precedía la inevitable invitación a bailar de alguno de los jóvenes durante las fiestas de verano.

Cerca del atardecer vieron el cerro del Sombreretillo. El cielo se había entintado del rojo de las uvas indicando que faltaba poco para llegar. Angélica supo desde joven que su matrimonio sería convenido por sus padres. No obstante su aspecto sereno, en el interior tenía dudas y miedos sobre lo que sería su vida al lado de Daniel Chapman, un hombre desconocido. Quería asegurarse de que sería bien tratada, de lo contrario no estaría dispuesta a la vida gris de su tía Delfina, que del pavor a su esposo no se atrevía a decir una sola palabra sin su autorización explícita.

Oscurecía al llegar a la hacienda. Los caballos, cansados de la jornada, se detuvieron frente a una fila de campesinos, capataces, sirvientas que remataba con Carmela, encargada de la cocina. Todos esperaban con curiosidad ver el rostro de la prometida del doctor. Advirtiendo su cansancio, Josefina ordenó que les llevaran la cena a sus habitaciones. Ya habría tiempo a la mañana siguiente para ponerse al día.

Con el amanecer se desató un torbellino de actividades. El patio central se convirtió en un vaivén de personas que acomodaban mesas, sillas y manteles, grandes maceteros con buganvilias enmarcaron su amplitud. Angélica y sus padres denotaban aún los estragos de las veintinueve horas en tren de México a Saltillo y las seis en carruaje que les tomó llegar a Parras. Desayunaron en sus habitaciones, y las mujeres, en cónclave, se reunieron en la cocina, a donde no dejaron entrar a nadie que no llevara faldas.

Los señores se habían instalado afuera de la bodega, bajo la sombra de la higuera grande. Había pasado el mediodía y ambos tenían frente a sí grandes vasos de mistela de limón, platones con duraznos, quesos y la famosa mermelada de higo para acompañar los molletes y el marquesote.

—Siéntate, muchacho, antes que lleguen las mujeres y nos hagan ir a arreglar —conminó don José Limantour—. Nosotros podremos manejar el país, pero, si se trata de festejos, es mejor ni opinar ni intervenir.

—¡Por un buen futuro para nuestros hijos! —brindó Ernesto.

—Por el hijo que estoy ganando y que con suerte me llenará de nietos —lo imitó José Limantour—. Pero dime, Daniel: ¿piensas dedicarte exclusivamente a la medicina? ¿No has considerado incursionar en la política?

—Por ahora puedo decirle que sólo la medicina es mi pasión.

—Si te llegara a interesar más adelante, conmigo tendrías asegurado un lugar en la Ciudad de México, o donde lo desees. Bastaría una palabra de recomendación con mi compadre, don Porfirio, para que te considerara en la Secretaría de Salud.

—Ése es un ofrecimiento que, sin duda, mi hijo no echará en saco roto.

Con la noche, el frescor se instaló. Los primeros en llegar a la fiesta fueron los Arriaga, los más antiguos amigos de la familia; Juan y Dolores Aguirre traían una canasta con dulce de leche que ella mostró con orgullo a Josefina. Los González de la Fuente y quince parejas más llegaron poco después. La mayoría de ellos se conocían desde la infancia. Juntos habían bailado de jóvenes en las fiestas organizadas en la plaza por las damas de la junta vecinal, charlado en las noches iluminadas por fogatas, acudido a alguna tertulia dominical.

Ernesto Chapman anunció el compromiso sin poder ocultar el orgullo que sentía. Lo demás fue un desfile de sonrisas, saludos, cortesías y felicitaciones. El doctor Chapman no dejaba de pensar en María, por lo que aquello le pareció una noche exasperante de voces que, en momentos, sintió que lo asfixiaban. Salió al jardín para serenar sus ideas y ahí estaba su prometida.

—Disculpe que haya abandonado el salón —dijo Angélica—. De pronto sentí que necesitaba aire fresco.

—No tiene por qué disculparse, hay demasiada gente.

—La verdad es que me siento nerviosa.

—Es natural, no se preocupe, yo también me siento un poco agitado. Será la música, la gente o tanta felicitación que llegan a abrumar.

Los ojos de Angélica quedaron fijos en el pequeño bolso que llevaba entre sus manos. Lo abrió y sacó un guardapelo ovalado de plata, con su inicial repujada en oro y madreperla.

—Esperaba el momento oportuno para entregarle este presente.

El doctor Chapman lo abrió, dentro guardaba una diminuta fotografía sepia con el apacible rostro de Angélica y una dulce sonrisa que se adivinaba granate. En la otra cara, un negrísimo mechón de su cabello resaltaba sobre el abrillantado interior.

—Es una imagen muy bella. Le hace justicia.

Ella sonrió con gratitud. Su rostro se iluminó con un viso entreverado de alivio e ilusión. El doctor tomó su mano y volvieron a su recepción.

Al fondo, los músicos interpretaban las suaves y firmes notas del vals *Alejandra*, del mazatleco Enrique Mora Andrade.

—¿Bailaría conmigo?

Ella asintió. El doctor Chapman se irguió y tomó el talle y la mano de la que habría de ser su esposa. Comenzaron los acordes y él la miró a los ojos. Los primeros pasos les sirvieron para acoplarse. Las miradas de los invitados se concentraron en ellos. El vestido de seda malva con encaje oscuro ondeaba al vuelo y semejaba las alas de un quetzal. Era tan delgada y ligera de llevar que parecía flotar sobre el piso.

Angélica sintió seguridad en esos brazos que dejarían de ser ajenos, en la finura de sus dedos. Buscó con la mirada a sus padres para tener la certeza de que ese matrimonio la haría feliz. Ellos, animados, charlaban con un grupo de parejas. Si bien su padre tenía el carácter de un toro de lidia, estaba segura de que aún así lo echaría muchísimo de menos, al igual que a su madre. Las notas alegres que invadían el salón no fueron suficientes para contrarrestar la tristeza que se apoderó de ella. Si tan solo hubieran elegido a alguien de la capital, o al menos de una ciudad cercana. Cómo le gustaría que no existiera más esa tradición. No había en la media sonrisa de su rostro ningún indicio de aquel pesar que la abrumaba. Se dejó llevar por el doctor el resto de la noche igual que una muñeca de porcelana cuya única función es embellecer el entorno. Sólo hasta que la fiesta terminó, los invitados salieron en sus carruajes y dio las buenas noches a la familia, se dio permiso de desdibujar su sonrisa.

Minutos después, sollozó en la soledad de su habitación.

—∿—

Los generales que visitaban a papá estaban nerviosos. Poco ayudaba el ambiente político en San Antonio, en todos lados se especulaba de un sinfín de propuestas para pacificar el país ante la nueva reelección de don Porfirio.

Cuando paseaba por las calles, los estadounidenses hablaban con absoluta soltura ante mí, sólo por mi cabello rubio y tez blanca. Así me enteré de lo que realmente pensaban: *Mexico is not mature enough to enter a democratic process. The mexicans are ragged; indians who do not deserve better government than they have. The mexicans are going to kill each other, just like we did.*[3]

Como don Porfirio había impuesto gobernadores y alcaldes en todos los estados, la sociedad entera se inconformó, con excepción de quienes estaban en deuda con don Porfirio por algún favor que los hubiera beneficiado en sus negocios.

---

[3] México no está maduro para entrar en un proceso democrático. Los mexicanos son unos harapientos; indios que no merecen mejor gobierno que el que tienen. Los mexicanos se matarán entre ellos, igual que hicimos nosotros.

Teníamos presente cuánto urgía la democracia, gracias a que el señor Madero había generado el clima para que el pueblo de México al fin reaccionara. El día que leí *La sucesión presidencial en 1910* yo también me emocioné, aunque no entendí su firma: *Sufragio Efectivo No Reelección.* Mi padre me hizo ver que esas palabras significaban que así quedaría zanjada la posibilidad de que un presidente se mantuviera indefinidamente en el poder.

Nadie podría imaginar lo que sucedió durante esos días y noches en mi casa. Mi padre entraba y salía; se hacían reuniones a puerta cerrada con Juan Sánchez Azcona, Aquiles Serdán, Enrique Bordes Mangel, Federico González Garza y Miguel Albores. A veces llegaban hombres con armas y las guardaban en un sótano secreto, bajo el comedor.

El ambiente era tan tenso que decidí hablar con mi padre.

—¿Qué quieres, María? —dejó caer los puños sobre el escritorio—. Estoy ocupado con asuntos del señor Madero.

—De eso quiero hablarle —tomé aire y sopesé cada palabra—. Usted sabe cuánto amo a México, entenderá que no puedo quedarme de brazos cruzados. Quiero ayudar. Quiero luchar como lo hacen otras mujeres. Yo también puedo hacer propaganda o llevar comunicaciones. Y si ha de ser acompañada, ahí está Refugio.

—No sabes lo que dices —con la mano me hizo la seña de que me retirara.

Me acerqué a su escritorio hasta quedar frente a él. No estaba dispuesta a darme por vencida, tenía que intentarlo.

—Padre, mi edad es una ventaja, con la compañía de la nana Refugio, no levantaríamos ninguna sospecha.

—No lo permitiré, María. Es definitivo, mejor ve a dormir que ya es tarde —y dio un manotazo en el escritorio, no iracundo, pero sí para hacerme ver que estaba por perder la paciencia.

—Por favor, papá, es muy importante para mí. Al menos piénselo.

Aunque el carácter fuerte de mi padre era por todos conocido, en su interior habitaba un hombre equilibrado que medía bien los riesgos y oportunidades de cada situación, no en balde era general de división. Recordé que el año anterior había sido muy insistente con mis padres para que me permitieran ir a Zacatecas a pasar una temporada con mis primas. Mi madre se negó al instante, aduciendo *no está bien que viajes sola, es muy riesgoso el trayecto, eres muy joven aún*. Pero a pesar de la retahíla que todavía no acababa de decir mamá, mi padre la interrumpió: *si no confías en tu hija hoy, tampoco lo harás el día de mañana*, y volvió a leer su periódico.

La voz de mi padre me regresó a la petición más importante que le había hecho a mis casi dieciséis años.

—Lo pensaré, María, pero no te hagas falsas ilusiones. Esto no es un juego, es algo muy serio, tanto que ni cuenta te das. Si te llegaran a apresar, ahí mismo te harían un juicio sumario y te fusilarían, como han hecho con tantos opositores al gobierno de Díaz. Recuerda los hombres, mujeres y niños asesinados en la huelga de Cananea y todos los apresados y torturados en Monterrey después de las elecciones. ¿O ya olvidaste todos los periódicos que han cerrado los agentes del gobierno? El *Diario de Monterrey* entre ellos, o a Madero, encarcelado en San Luis Potosí. Si eso han hecho con ellos qué no harían contigo.

—Entiendo los riesgos, pero estoy segura de que les puedo ayudar.

—No los entiendes, María. Ve a dormir, necesito estar solo.

Escudriñó mis ojos buscando algún signo de debilidad, pero me mantuve firme y férrea, a pesar de que sentí algunas gotas de sudor bajando por mis muslos, tan incómodas e inoportunas como la tía Leopoldina que siempre llegaba a la hora de la siesta.

—Muchas mujeres sirven de correo —continué mientras me frotaba un muslo contra el otro para anular esa sensación.

Mi padre me evaluaba con la mirada. Por su bigote crispado supe que estaba a punto de darme una negativa, aún así me arriesgué de nuevo:

—Además, nadie sería capaz de imaginar que el mismísimo general Ignacio Treviño enviaría a su hija de mensajera.

Estoy segura de que mis últimas palabras lo hicieron cambiar, porque al momento se pasó la mano por el cabello. Era un gesto muy suyo cuando se disponía a tomar una decisión importante. No moví ningún músculo, ni siquiera los ojos. Los acelerados latidos de mi corazón parecían pregonar esas palabras que tanto anhelaba escuchar. Inhalé despacio y esperé unos segundos eternos.

—¡Ya te dije que lo pensaré, María! Ahora anda: ve a dormir de una buena vez, antes de que me hagas enojar.

Desilusionada, molesta por todo lo que implicaba haber nacido mujer, tomé el segundo volumen de *Los Miserables*, que mi madre me había devuelto tras muchos ruegos, para leer un poco antes de dormir. La noche anterior la incógnita de saber qué sucedería a la pequeña Cosette, sola en el bosque, aterrada tras perder el dinero que Thenardier le había dado para comprar el pan, me había dejado con la ansiedad de seguir la lectura. Esa historia tenía el poder de atrapar mi vista y de no soltarla, sin importarme que me robara las horas de sueño. Pero esa ocasión fue distinta, seguí leyendo, pero sin dejar de pensar en la decisión que habría de tomar papá.

Caí dormida con el libro abierto sobre mi pecho, y en ese viaje onírico los murmullos inconformes eran más que audibles. Permeaban en las grandes ciudades, las fábricas, en el campo y hasta en el rincón más apartado anhelando una vida mejor. Yo me sentí con el deseo de velar por ese eco de voces solitarias, apagadas, desilusionadas.

Eran voces acostumbradas a que les arrancaran las aspiraciones a fuerza de opresión, susurros que clamaban justicia y elevaban el tono cada día desde Morelos hasta Chihuahua. Murmullos clandestinos entre luces apagadas y ventanas cerradas. Palabras todas de rebeldía, pronunciadas por hombres y mujeres con temor, pero, sobre todo, indignación. Sólo don Francisco I. Madero había sabido expresar por escrito lo que sentíamos.

A una Nación oprimida no se le despierta con un escrito aislado, se necesita un conjunto de hechos, que a la vez que la despierten, la hagan concebir esperanzas de redención.

Que en el caso de que el General Díaz se obstine en no hacer ninguna concesión a la voluntad nacional, entonces será preciso resolverse a luchar abiertamente en contra de las candidaturas oficiales.

Que esta lucha despertará al país y sus resultados serán asegurar, en un futuro no lejano, la reivindicación de nuestros derechos.

Sus palabras incitaban a la revolución.

La vendimia era el acontecimiento más importante del año. Los habitantes del pueblo se volcaban hacia las calles para celebrar la abundancia de las vides si las lluvias habían llegado a tiempo, si las nubes habían logrado contener las pelotas de granizo y si ninguna plaga las había azotado. Los niños apuraban a sus padres, los jóvenes tomaban de la cintura a sus parejas y los abuelos se ayudaban entre ellos para no tropezar, aunque se les hiciera tarde.

El doctor Chapman disfrutaba de su tierra con mayor regocijo durante esa época. Sabía que cada viñedo de Parras celebraría el antiguo rito del dios Baco que, según afirmaban, unía por algunas noches a los hombres y a los dioses. La expectación por la apertura de la vendimia lo mantuvo alerta durante la noche, casi podía oler el perfume de las uvas, ver la viveza del colorido de sus variedades y las promesas que escondían antes de ser convertidas en vino. Con las primeras luces salió a acompañar a los jornaleros. Se caló un sombrero de paja para mitigar el sol mañanero y tomó un garullo; algunos campesinos cargaban cestos de mimbre para transportar la uva desde la viña hacia la bodega. Las apuestas por ver quién recolectaba más racimos eran parte del ritual y le daba un toque competitivo. Los viejos contra los maduros, los maduros contra los más jóvenes, los jóvenes contra los niños. Las risas rompían el aire. Todos competían contra su propia destreza, se alegraban al ver sus avances: ¡Sí!, gritaban con exaltación y de inmediato apaciguaban los sudores con un sombrero, un pañuelo. El cielo parecía unirse a la celebración: jugueteaba con sus nubes, que a momentos

113

se reunían, traslucían los rayos de luz, otras se dispersaban, revoloteaban y luego se congregaban en una sombra grisácea.

Durante dos horas el doctor Chapman intentó avanzar al ritmo de los campesinos, pero ellos lo aventajaban por la destreza adquirida por un sinfín de cosechas. *Nada más tenga cuidado con los dedos, ya sabe usted lo fácil que es rebanarse*, le dijo Nacho, el capataz. Bien que lo sabía, en más de una ocasión tuvo que suturar franjas de carne a algún trabajador descuidado. Segaron sólo las uvas maduras, el resto se dejó para la vendimia tardía y las transportaron sobre carretas tiradas por mulas hasta la terraza de maceración.

El doctor Chapman se dirigió a su habitación para asearse antes de encontrarse de nuevo con su prometida. Se sentía más tranquilo porque entre los sonidos de la noche y el frescor que entraba por su ventana había analizado los beneficios de su inminente vida matrimonial. El recuerdo de María comenzaba a diluirse en su presente.

—Justo estaba en camino a buscarla, Angélica —ofreció su brazo a la joven—. La fiesta está por comenzar.

Ella le regaló una sonrisa que competía en luminosidad con el delgado vestido de algodón que lucía esa tarde. El leve espacio que separaba sus dientes frontales le daba un aire un poco infantil.

—No me la perdería por nada.

Caminaron hasta una terraza cubierta con una enredadera. El doctor Chapman se retiró el panamá, limpió con el dorso de la mano un par de gotas que le caían por la frente y se lo caló de nuevo. En una bocanada respiró el sabor de las vendimias que había disfrutado desde que era un niño tomado de la mano de su padre, hasta esta en que por primera vez una mujer lo acompañaba del brazo.

Sabía que su compromiso había levantado expectativas y comentarios entre los moradores de Parras y en especial entre los de la Hacienda de Perote, porque *ya era hora de que el doctor sentara cabeza; no es bueno que un hombre pase tanto tiempo sin mujer; ya se necesitan chamacos de la familia que aseguren la prosperidad del viñedo de los Chapman.*

Casi de inmediato, seis jóvenes trajeron en andas a Francisca, la mayor de las mujeres de la hacienda. Coronada con una tiara de flores silvestres y una sonrisa desdentada, celebraba esa longevidad que por unos días la haría ser la "Reina de la Hacienda de Perote". Con mucho cuidado la dejaron en pie.

Todos los de la hacienda estaban presentes: los segadores y toneleros con sus paliacates anudados en la frente y los largos calzones de manta, blancos y holgados que les hacían circular pequeñas corrientes de aire para paliar el calor; las mujeres de la casa que cada día afanaban entre sacudidores y escobas, baldes de agua y cepillos para dejar limpios los muebles, los pisos y los cielos de madera; que bajaban las arañas de luz para encender las velas, cuando no iban y venían con ropa de cama de la familia y de los invitados —que nunca faltaban—; las que trajinaban entre las ollas, los fogones y los sabores de la cocina, con el aliento inundado de tomillo, canela y manteca de tanto probar el sazón.

También estaban los palafreneros y choferes hábiles para la gobernanza de los caballos, para sortear caminos, y que no derramaban ni una gota de vino cuando repartían entre las ciudades.

Las risas de los niños abrazaban el ambiente, las manchas en sus camisas y vestidos delataban las últimas horas de juego entre correntías a los animales del gallinero, a las mulas rejegas que terminaban enlodándolos con alguna coz nerviosa, a las de granadas compartidas entre sonrisas cómplices y ríos rojos que les escurrían de sus bocas. También estaban las huellas de los juegos más peligrosos, las de jugar escondidas entre las barricas y cajas de vino de la bodega, a donde tenían prohibido entrar.

Alrededor de una mesa pequeña, los Limantour y los Chapman reían con desenfado y presidían la fiesta. Josefina chasqueó una copa con una cuchara de plata para dirigir el breve rezo al dios Baco. Cuando todos guardaron silencio, vertió sobre la tierra un poco de vino del año anterior:

Bebe de tus frutos y surjan de tu vientre uvas dulces y tiernas, uvas que nos traigan alegría en la vida y el gozo de una nueva vendimia.

Tan pronto concluyó la plegaria, las mujeres maduras se levantaron las faldas y se metieron descalzas al lagar. Este mágico ritual las hacía sentir que su belleza aumentaba. El vigor y la frescura del fruto bajo sus pies las impregnaba, les hacía crecer una fuerza interna que estimulaba sus vientres, erguía sus pechos, enrojecía sus mejillas, avivaba sus miradas.

—Daniel, ¿cualquier mujer puede participar de la molienda? —quiso saber Angélica.

—Sólo las casadas, tiene que ver con la fecundidad.

Las mujeres acariciaban el tapete de uvas. Ascendían, descendían despacio, con pasos tan suaves y sensuales que no rompían la semilla, dejaban solamente la pulpa tibia, intacta.

116

Angélica seguía con avidez el movimiento de cada una de ellas. Inhalaba el perfume a madera de rosa que el mosto y la semilla habían dejado escapar hasta cobijar la terraza, el que daría su olor dulce al moscatel de esa cosecha. Envidiaba la libertad de aquellas mujeres, el viento al correr bajo sus faldas que subían y bajaban al ritmo de sus muslos.

—Nunca había tenido oportunidad de estar en una vendimia. Es fascinante. ¡Ellas danzan! —se admiró del espectáculo que presenciaba.

No sólo ella, todos en la hacienda admiraban a las mujeres que al compás de cuatro violines y un arpa, con sus faldas al vuelo y con suavidad, extraían la intimidad de las pulpas mientras sobre el aire se mecían las vigorosas notas del violín.

Todos los hombres, sin excepción, contemplaban hipnotizados el momento cúspide de la celebración.

Angélica sonrió con sencillez y no dijo más. Abanicó su rostro con una mano y con la otra cubrió los ojos del sol que la cegaba. Algún día yo también entraré al foso de la vendimia, pensó, y seré parte de esta fiesta, quizá seré llevada en andas igual que la mujer mayor de la casa.

La vendimia continuó un par de horas con su danza animada y con sus vapores hasta que los Chapman y los Limantour se retiraron. Peones y empleados continuaron el festejo. Más tarde algunos hombres de la hacienda concursarían para ver quien bebía primero una jarra de vino y terminarían borrachos, abrazados unos con otros o conversando con algún arbusto de vid.

Tras varios vasos de vino y con una chispa en la mirada, las mujeres lanzarían furtivas invitaciones y más de una pareja daría libertad a su deseo.

20 de agosto de 1910

Las mujeres tienen que llenarse de valentía
para alcanzar sus sueños dormidos.

Alice Walker

Mi padre y Aquiles Serdán se encerraron en la biblioteca durante tres horas para redactar un informe sobre la situación de los grupos inconformes con el gobierno de Porfirio Díaz.

Papá admiraba a Aquiles Serdán, decía que era el hombre fuerte de Puebla, que sin él los planes de Francisco I. Madero no tendrían posibilidad alguna de triunfar. Ellos ideaban estrategias con cautela, murmuraban entre voces y silencios. Sabían que tras sus pasos había oídos atentos a descubrir algo de lo que tramaban para delatarlos.

Me llamaba la atención que pese al carácter de papá, éste se doblegara ante la presencia de Aquiles Serdán. Bastaba una orden —reunir armamento, esconderlo en el sótano— para que papá la ejecutara al momento.

Según le había dicho a mi madre la mañana anterior, el informe tenía que llegar a manos del señor Madero lo antes posible. La presión se notaba en los tonos apurados que traspasaban la puerta. A alguien tendrían que enviar como emisario.

Confiada en que papá habría tenido tiempo de reflexionar sobre mi petición de ayudarlos a evitar que Porfirio Díaz siguiera en el poder, me senté a esperar en un sofá frente a la puerta de la biblioteca.

Lejos estaban aquellos días en que papá confiaba en el general Porfirio Díaz. Desde mis ojos de niña veía la devoción que todos le profesaban, así había sido cuando el presidente visitó Monterrey. Fue el 19 de diciembre de 1898. Apenas tenía cuatro años, pero la emoción y el ajetreo que bullía en casa daban cuenta de que algo distinto sucedía o estaba por suceder. Me levantaron más temprano que de costumbre, el vestido nuevo que la nana Refugio deslizó sobre mi cabeza era el más hermoso que hubiera visto: su blancura refulgía entre los encajes y bordados como los de las princesas de los cuentos. La nana Refugio, Jovita y Modesta, aún con su cojera, corrían apuradas de un lado a otro de la casa llevando listones y camisas, trayendo guantes y sombreros. *Rápido, rápido, vamos, se hace tarde,* escuchaba aquí y allá. Hasta que partimos en el carruaje hacia la estación de Ferrocarriles del Golfo para recibir al presidente.

Papá y mamá sonrieron emocionados durante todo el trayecto. Había arcos con flores y adornos en todas las calles. *Estoy indecisa del vestido para la cena con don Porfirio,* dijo mamá. *En cualquiera te verás bien, además no creo que el presidente se fije en esos detalles.* Mamá suspiró y me lanzó una mirada dulce.

Toda la ciudad estaba en movimiento. Los cocheros competían por avanzar antes que los que iban a caballo, los tranvías y carretas avanzaban hacia la estación. Nuestro carruaje no pudo llegar hasta la puerta, por lo que tuvimos que caminar algunas cuadras, interminables hasta el cansancio, que obligaron a papá a llevarme en brazos para acallar mi llanto.

Había gente en todas partes, en las calles, las puertas, los balcones, las azoteas, hasta en las copas de los árboles se alcanzaba a ver a algunos niños. Cada lugar, posible e imposible, estaba ocupado. Frente a la avenida de la Unión se habían alineado alumnos de escuelas primarias, de las normales y del Colegio Civil. Atrás había grupos de campesinos, de agremiados sindicales, de obreros y comerciantes. Monterrey se había reunido para ver a Porfirio Díaz, de quien sabían era su presidente y al que jamás habían visto de cerca ni de lejos. La curiosidad, la admiración y el odio se habían mezclado ese día.

A mí me causaba admiración el poder que tenían los botones dorados y las medallas que colgaban del uniforme de papá, porque la gente al ver su brillo se hacía a un lado, nos abría el paso, hasta que por fin pudimos entrar al andén de la estación.

Papá estaba entre la fila de hombres que recibiría al presidente: el gobernador Bernardo Reyes con su barba de pico, militares y otros miembros del gobierno que no recuerdo sus nombres, porque esos no los repitieron los siguientes años en los que se habló del evento una y otra vez, hasta el día en que papá oyó hablar de Madero y entonces las charlas cambiaron. Pero esa mañana, a las mujeres y familias nos permitieron estar detrás de los hombres para ver la llegada de Porfirio Díaz. La espera había sido muy larga, estaba a punto de llorar esta vez de fastidio cuando a lo lejos se escuchó el sonido del silbato del tren. *¡Ya viene el presidente, ya viene Porfirio Díaz, ya llega!* La banda de música comenzó a tocar el Himno Nacional, la gente se sumó al canto y retumbó el estruendo de veintiún cañonazos que me asustaron tanto que pasé a los brazos de mamá. El tren se detuvo y del Pullman bajó un hombre de bigote cano y sin barba. No sé si me causó más recelo su mirada torva o el hecho de que sus medallas le cubrieran gran parte del pecho y brillaran más que las de papá.

El presidente saludó a cada miembro de la comitiva y todos salimos a la plaza de la estación. Pronto me venció el sueño; deseaba alejarme de aquel bullicio, sólo quería regresar a casa, a los brazos de mi nana y a la quietud de mis muñecas.

Cuando vi que Aquiles y papá salieron de la biblioteca para dirigirse a la sala a beber un whisky, le pregunté si me permitiría ayudarles con los correos secretos. Lo abrupto de mi pregunta lo tomó desprevenido. Mi futuro dependía de su respuesta, me daría la oportunidad de no ser sólo un talle esbelto lucido bajo el corsé, de demostrar que era capaz de hacer algo más que hundirme para siempre como mi madre o mi abuela entre bordados, macramés y una hilera de hijos que criar, aunque fuera acompañada de angelicales nanas.

Aquiles Serdán me miró con aprobación, tal como se mira a quien se le reconoce su arrojo o valentía.

—Sería una buena oportunidad, Ignacio. En Puebla, mi mujer y mi hermana se han comprometido con la causa, han sido de gran ayuda para transportar armas.

Un extraño brillo barnizó los ojos de mi padre.

—Tu madre nunca estará de acuerdo, María.

La afirmación indicaba que él ya había decidido. El gusto invadió mi interior, pero no quise apresurarme ni demostrar mi impaciencia. Respiré profundo.

—Es probable, pero recuerde cuánto confía mamá en Refugio.

Efectivamente, mamá confiaba en mi nana más que en mi padre. No me consta el por qué, pero en todos los asuntos delicados, siempre la mandaba llamar. Así, le encomendó un

126

día que comprara medio litro de una sustancia extraña, según para quitar los salitres, pero yo estaba segura de que había sido veneno, porque al día siguiente el perro del vecino amaneció con las patas tiesas y con hierbas en el hocico. A mamá no le gustaba nada ese perro, porque no dejaba de taladrar los oídos de toda la familia con sus lamentos y ladridos.

—Espero no arrepentirme de esta decisión, María. Nada más porque te conozco y sé que si no te doy permiso eres capaz de aventurarte por tu cuenta.

—No se apure, papá: no lo voy a defraudar. Verá que todo saldrá bien.

Corrí escaleras arriba para darle la noticia a mamá. No deseaba irme sin hablar con ella. Si no lograba que entendiera mis razones, al menos haría el intento. Toqué suavemente a su puerta. *Pase*, respondió. Me senté a su lado en el *chaise lounge* y la tomé de las manos. Desde aquella tarde en casa de los Solís en que trató de emparejarme con Alonso, mamá y yo habíamos pasado más tiempo juntas. Yo podía entender que ella se sintiera en la obligación de continuar con las costumbres impuestas en esa eterna cadena de madres e hijas, porque no conocía otra forma. El acero de las tradiciones con que se fraguaba cada eslabón era irrompible. El espíritu de mamá no podía romperlo de tajo.

Cuando le mencioné que papá me había dado permiso para ayudar como correo y que Refugio me acompañaría a Ciudad Porfirio Díaz, se le demudó el rostro. Trató de hacerme cambiar de opinión y en algún momento, cuando vi la angustia en sus ojos, estuve tentada a ceder; no me gustaba mortificarla.

—Es muy peligroso y estaré intranquila hasta que regreses, pero si tu padre ya lo ha decidido yo no tengo nada que opinar. Ya lo sabes.

Le di un abrazo largo y un beso en la mejilla antes de ir a buscar a Refugio.

Al despuntar la mañana del día siguiente, las maletas estaban sobre el carruaje, los caballos daban coces sobre la grava y Román esperaba con el carruaje listo para partir hacia la estación Sunset en donde tomaríamos el tren de San Antonio.

Aquiles Serdán y papá habían firmado el informe que yo habría de entregar en Monterrey. Refugio me ayudaba a guardarlo debajo del corsé mientras refunfuñaba que no le gustaba viajar por tren; como los ojillos eran de número impar, acordonó primero el lado interno, ya que el secreto para colocar bien un corsé era formar una equis del mismo lado donde se había iniciado el acordonado. Al llegar a la cintura, quizá por el enojo, haló ambos extremos más fuerte que de costumbre para apretar y formar una presilla al centro de cada fila de ojales. Entre tirón y tirón pensaba que lo mismo sucedía con nosotras las mujeres, desde niñas la sociedad nos amoldaba el espíritu a estirones hasta conformarlo a una esbeltez imposible, hasta dejarnos el alma mermada de aspiraciones e ideales y viendo pasar la vida como un filme del que sólo se es espectador, nunca protagonista. Mi nana terminó con un diminuto moño y con el aire de mis pulmones que pronto se acostumbraron a contener la cantidad necesaria para ajustarse a la presión. Al menos de algo servía ese detestable armazón que nos reducía la cintura y al que me negaba a acostumbrarme.

—Apenas llegues a la estación del Golfo te vas directo a la casa de don Viviano Villarreal —me ordenó mi padre—. Es de gran importancia que llegues primero ahí, tu hermano te estará esperando. Cuando lleguen a la frontera, tengan mucho cuidado, que Refugio no se te separe ni un momento.

—Pierda cuidado, papá, así lo haré —mi tono era seguro, tranquilizador.

Subimos al tren en la estación Sunset de San Antonio. El roce de las llantas sobre la vía de acero hizo estruendoso el arranque. Con gran esfuerzo la locomotora tomó velocidad hasta lograr un ritmo constante, acompasado, como una melodía suave de tamborilero.

Mientras la llanura se diluía por mi ventana, imaginé que así podría ser para nuestro país el cambio a la democracia, un inicio emocionante, desbordado de alegría por ver las expectativas cumplidas, no tan gradual como el horizonte, pero a la vez rápido y decidido. Conforme avanzamos en el trayecto, a Refugio se le pasó la rabieta y se acostumbró a la marcha.

—A ver, *mi'nita* —me regaló su sonrisa pícara—, ¿ya me vas a decir que estás enamorada del doctor?

—¡Nana! No seas impertinente, ya te dije que son figuraciones tuyas.

—¡Qué figuraciones ni qué nada, mi niña! Si estoy casi segura que es el doctorcito ese que iba a la casa a revisarte y se entretenía de más platicando contigo. Te robó el corazón.

—¿Cómo crees, nana?

—No nomás creo: lo veo. Lo veo con estos ojos que bastante han visto en tantos años de ver la vida. El tiempo nos va haciendo el ojo fino; tan finito que uno escucha los quereres de las miradas; uno entiende los suspiros y apresa los pensamientos antes de que sean pensados. Porque así se ven el doctorcito y tú al estar juntos. Sus miradas se buscan para hablarse sin hablar y sus cuerpos se dicen cosas sin decirlas.

Yo escuchaba a mi nana y no sabía cómo reaccionar ni qué decir. Parecía que me leyera el pensamiento. Porque así eran exactamente mis momentos con el doctor.

—No vayas a comentar nada a mi mamá, por favor.

—Claro que no, mi niña. ¿Cómo crees?

—Tienes razón, nana: estoy enamorada del doctor Chapman.

—Lo bueno que él también de ti, se le nota a tiro de piedra.

¡Cómo ansiaba que las palabras de mi nana fueran ciertas! ¡Cómo anhelaba tener la certeza de que el doctor me amara!

—A veces creo que sí, pero otras, parece que lucha para no amarme. Es un sentimiento extraño, contradictorio, como si debiera rechazarme.

—¿Y no te ha dicho nada? ¿No te ha dado una flor, una nota? ¿Algún detalle?

—No, nana. Por eso te digo que no sé qué pensar.

Cruzamos la frontera de Laredo sin contratiempo. Al día siguiente llegamos a Monterrey. Los meses que había estado lejos me hicieron añorar mi ciudad; ahora que volvía a ella mi corazón latía más rápido, la sensación de llegar al andén era similar a la de entrar por la puerta de mi casa. Un preámbulo de mi hogar.

Enrique nos esperaba con una gran sonrisa. Mi buen hermano mayor, mi silencioso protector estaba en Monterrey atendiendo un asunto de negocios de papá.

—Hermanita querida: ya tenía deseos de verte.

—¡Imagíname a mí, que además de las ganas de abrazarte, traigo este cansancio del camino!

—Lo sé, pero don Viviano nos espera.

Dejamos atrás la estación del ferrocarril del Golfo. El carruaje tomó la calle de Álvarez y se enfiló hacia el sur de la ciudad. Más allá, el cinto de cerros y montañas la abrazaban como centinelas que nunca duermen.

—¿Cómo están las cosas por aquí? —deseé saber.

—Ha habido muchas protestas. Los encabezados de los periódicos mencionan el fraude electoral en todos los estados. Ya se organizó una comisión para presentar pruebas.

—¿Qué tipo de pruebas pueden presentar?

—El fraude fue tan descarado que dejaron un rastro muy largo: violencia, boletas falsificadas, amenazas. Una completa violación de las leyes tutelares del procedimiento electoral.

A esa hora la ciudad hacía lo de siempre: carruajes, coches y andantes deambulaban las calles. A lo lejos se oía el chiflo del afilador de cuchillos. Su pregón ascendente y descendente de la escala musical precedía el chirrido del esmeril contra el acero. El sudor de los caballos al trote y de los cocheros bañados con el violento sol canicular impregnaba el aire con un olor a rancio. Pasamos junto a la carreta de un marchante de fruta, donde alguna cocinera de casa con alcurnia le regateaba el precio.

Durante el camino, recordé la inundación del año anterior que arrasó el puente San Luisito y gran parte de la ciudad.

La habían catalogado como la peor en la historia de Monterrey, los tres mil muertos y las grandes pérdidas fueron un recordatorio de vivir con humildad. No pude evitar pensar en todos los rostros de la pobreza y en compararlos con el de Marius, *compuesto de días sin pan, noches sin sueño, tardes sin luz, chimenea sin fuego, semanas sin trabajo, porvenir sin esperanza, la levita rota en los codos, el sombrero viejo que hace reír a las jóvenes, la puerta que se encuentra cerrada de noche porque no se paga el alquiler, la insolencia del portero y del almacenero, la burla de los vecinos, las humillaciones, la aceptación de cualquier clase de trabajo; los disgustos, la amargura, el abatimiento.* Y en esas palabras que se le habían quedado grabadas: *¿De qué partido estaba? Del partido de la humanidad. Dentro de la humanidad, Francia; dentro de Francia elegía al pueblo; en el pueblo elegía a la mujer.* Me ilusionaba que lo mismo pudiera decirse de mi país. Dentro de México, el pueblo y en el pueblo, la mujer.

Pasamos la Plaza de Armas y llegamos a la casa de los Villarreal. Varios coches y carruajes estaban afuera. El nuestro se detuvo frente al pórtico semicircular a un costado de la escalinata principal. En la parte alta don Viviano nos esperaba, era un hombre alto con bigote y barba encanecidos. El rostro ajado por la edad y de apariencia agradable, no podía ocultar unos ojos fríos y astutos que destellaban respeto.

—¡La pequeña María! ¿Quién lo iba a decir? Eres toda una mujer.

No pude evitar ruborizarme.

—Pero si hace apenas un par de años te sentabas en mi regazo y me jalabas la barba. ¿En qué momento creciste? Qué orgullo deben sentir tus padres.

Le pedí permiso para pasar a una habitación y que mi nana me ayudara a sacar el documento del corsé. Mi petición le provocó una carcajada.

—¡Faltaba más, ni modo que lo hicieran aquí! —dijo mientras salía de la sala para volver con el ama de llaves.

Subimos a la segunda planta y el ama de llaves nos abrió una habitación. Refugio me ayudó a desabrochar el vestido y el corsé. El documento estaba intacto. La rigidez en que había mantenido mi espalda durante todo el viaje evitó que se estropeara. Me vestí de nuevo y bajamos a la sala para entregar el informe a don Viviano.

—Les voy a confiar que, además de entregar este informe, le propondremos a mi sobrino Francisco la elaboración de un plan, porque don Porfirio no quiere entender que ya se excedió reeligiéndose una vez más.

—¿Un plan?

—Sí, Enrique, uno que formule y llame a vivir los principios de la democracia. La campaña que hizo Francisco por los estados ha dejado el ánimo propicio para hacer un llamamiento.

—Pero ahora don Francisco está encarcelado en San Luis Potosí.

—Es un arresto en la ciudad, no en los límites penitenciarios, ahí le haremos llegar este documento. Todo está pactado para su entrega.

Se levantó de su asiento para despedirnos.

—María, agradezco tu diligencia. Me pregunto si mientras estés aquí en Monterrey podrías ayudarnos con otro encargo.

—Cuente con ello, don Viviano —la sonrisa y el gusto me desbordaron, estaba viviendo lo que más deseaba hacer.

Me sentía orgullosa de que me tomaran en cuenta y agradecida por la confianza que me daban, pero, sobre todo, porque al hacer algo por mi patria ya no sería sólo una mujer de casa. Ni la sobrina de Pascual, ni la hija del general. Sería María Treviño, la mujer que sirve de correo al Partido Antirreeleccionista.

⧉

Los recuerdos eran hilos delgados que aún ataban a Daniel a su infancia o juventud. Le impedían alejarse del todo de Parras, aunque estuviera a kilómetros de distancia, lejos de su familia y tuviera que hablar inglés con pacientes y médicos. La fragancia del mosto, del dulce de higo o del café con canela; el ascenso a pie al cerro del Sombreretillo durante alguna procesión; los juegos en la tierra y los paseos a caballo; los paisajes desde la parte alta de la hacienda al amanecer o las noches de luna mientras su madre narraba historias de su familia, eran esa parte de él que constantemente lo volvían a su tierra y a los suyos.

Quizá por ello ese día decidió ir a contemplar el alba.

La oscuridad inundaba su habitación, la misma de su infancia. Sus pasos sabían dónde terminaba el borde de la cama y comenzaba el baúl, en qué lugar se mecía la poltrona que lo arrulló desde sus primeros días, en cuál descansaba la consola con la jofaina y el aguamanil. Tras los visillos podía sentir el peso de la noche que mantenía a todos los animales en calma.

No había rumor de grillos ni el agudo canto de las chicharras al aparearse durante el crepúsculo. Tampoco el ladrido de los perros.

La oscuridad aún lo llenaba todo.

Encendió un quinqué y, bajo su penumbra, lavó su cara, se vistió con pantalones y una camisa holgada, sacudió el sombrero y se lo acomodó hasta el borde de las cejas. Muchas veces había salido de joven a hacer ese mismo recorrido. Igual que entonces, la casa estaba quieta, dormía con sus habitantes, segura y en paz.

Salió de puntas, alumbrado por la débil flama que a su paso proyectaba sombras alargadas, sinuosas. Sabía que de oírlo, los perros harían escándalo, por lo que tuvo cuidado en no hacer ningún ruido. Sacó la vuelta al peldaño de madera que a veces crujía, eligió la puerta de la terraza, en vez de la chirriante de la cocina, y salió a cielo raso. Sobre el horizonte se perfiló la débil claridad que precede al amanecer. Aún somnoliento, el médico fijaba la vista en el camino para no tropezar. El fresco de la mañana le mitigaba el cansancio del rostro.

En la caballeriza, el caporal ya apilaba paja. Algunos caballos dormían; otros dejaban escapar algún bufido, una coz o un sordo relincho tan aislado que no alertaba a nadie en la oscuridad.

Manuel se enderezó, clavó la horca sobre el cerro de paja y sonrió.

—Buen día, patrón, hoy amaneció más temprano.

—Sí, hace mucho que no veo el amanecer y siempre ha sido una de mis mayores fascinaciones.

—Lo entiendo —se secó el sudor con el dorso de la mano— uno se asombra cada mañana al mirar el sol sobre los viñedos.

Ensilló a Nogada, su yegua alazana, un animal dulce, pero terco. Se dio cuenta de sus orejas alzadas, alertas; estaba lista para emprender el camino. Le acarició el cuello y le dio un beso en la frente. Cabalgaron despacio, de vez en cuando a Nogada se le encrespaba la crin y movía las orejas hacia atrás y hacia el frente, nerviosa ante algún ruido, resoplaba. Pasaron la cueva de los murciélagos que a esa hora aún dormían, cruzaron el largo acueducto y subieron hasta su roca: el lugar que hacía más de dos décadas había elegido para contemplar los amaneceres. La misma roca con la que tropezó de niño, obligándolo a sentarse ahí para recomponerse y que, a partir de esa mañana, se volvió su lugar predilecto para jugar o refugiarse ante alguna tristeza o enojo. Más tarde, en la juventud, se convirtió en balcón para admirar el valle. Ahí no llevaba a nadie, ni a Santiaga. Con ella jugueteaba entre las parras crecidas, bajo algún lejano huizache o en algún otro lugar, pero no en su roca, ésa era sólo para él y sus pensamientos.

La oscuridad de la noche se dispersó. Los tintes de color que anteceden al sol alumbraron el valle e hicieron brillar las gotas de rocío sobre las hojas de las parras. Filas de vid de reflejos púrpura se intercalaron con el verde claro, hasta rematar, al fondo, con el monte del Sombreretillo, donde se erguía la iglesia del Santo Madero.

Era común que en esos momentos de soledad en que veía a los campesinos labrando la tierra, pensara en esas manos callosas de segar con la hoz; en las preocupaciones de los hacendados, de los vinateros. Aunque ahora lo invadió un sentimiento de desazón: cuántos hombres y mujeres se esforzarían cada día sólo para sobrevivir, sin contemplar la belleza de cada amanecer, sin deseos ni aspiraciones, en la misma costumbre monótona, día tras día.

Si bien a Porfirio Díaz lo odiaban o idolatraban, Daniel era de los pocos hacendados en Parras que no lo veía como el gran impulsor del desarrollo ni de la modernidad. Para él, su gobierno era la causa de la honda disparidad entre ricos y pobres. Pensó en los trabajadores de la hacienda y lo que sucedería si no contraía nupcias con Angélica. Y aunque deseaba estar con María, constataba que su padre tenía razón.

Aún recordaba aquella mañana gélida y gris de enero de 1907. Ernesto se disponía a leer las noticias mientras desayunaba. Un gran encabezado hizo que dejara caer la cuchara sobre el pocillo de chocolate. Decía que los obreros de Veracruz habían ido al Castillo de Chapultepec a pedir a don Porfirio que interviniera por ellos y que había dado resolución a favor de los propietarios de las fábricas textiles. De lo que el mundo apenas se enteraba, era de que la huelga de Río Blanco había terminado con el asesinato de cerca de cuatrocientos obreros inconformes con la resolución.

—Daniel, uno hace lo que debe, no lo que quiere, que para eso somos hombres. En eso nos diferenciamos de los animales —repetía aquella mañana mientras agitaba las hojas del periódico, como si con esa acción borrara la tinta de ese encabezado atroz—, las bestias viven por instinto, respondiendo a lo que el cuerpo les pide. Pero nosotros no, hijo, tendrás que aprender que hay decisiones que duelen en el alma, pero aun así hay que tomarlas. La vida y la tierra no son nuestras, sino de quienes dependen de ti.

Aunque esas palabras eran una impronta en el doctor Chapman, creía que para su padre quizá era más fácil trabajar la tierra que para él, que lo único que le había llamado siempre era su deseo de curar a la gente.

Tras descansar unos minutos, el doctor recordó su promesa de ir a buscar a Angélica para unirse al almuerzo familiar, tendría que darse prisa. Montó a Nogada que, sin necesidad de jalarle las riendas, aceleró su trote.

Al llegar a la hacienda subió de dos los escalones, tomó un baño y se acicaló para llegar a tiempo al desayuno. Sin embargo, los Limantour aún no habían bajado, sólo Rosario, la dama de compañía de su prometida, que charlaba con Josefina mientras preparaban café.

—¿Gusta que agregue algún embutido para el almuerzo?

—Si me hace el favor, también acuérdeme de pedir a Lola que además de higos, lleve nueces —Rosario asintió.

Detrás del doctor se unieron su padre y el señor Limantour. Comentaban sobre uno de sus viajes a Europa, seguramente de algún asunto de impuestos. A los pocos minutos también llegó Angélica, el vestido blanco de algodón, ligero y fresco, la hacía ver más joven. Cubría su cabeza con un sombrero de ala ancha de Tardán. Un par de rizos negros caían sobre su frente.

El doctor besó su mano y un discreto perfume a violetas lo invadió. Ella le sonrió.

—¿Descansó bien, Angélica?

La joven lo miró con asombro, en ese momento sintió que Daniel la atraía y le pareció incluso más apuesto de lo que recordaba de niña. Nunca previó la impresión de aquel día que lo vio en el andén del ferrocarril: alto, delgado, igual de elegante que los caballeros de la capital que caminan los domingos por el Paseo de la Reforma. Se ruborizó, ladeó la cabeza y la giró hacia el jardín para evadir su mirada, temerosa de que en los ojos notara su sorpresa.

Lo mismo le sucedía cuando cualquier hombre la envolvía con su mirada y aprendió desde joven que si quería observar a alguno no podía hacerlo abiertamente, tenía que ser de soslayo. Con Daniel no pudo evitarlo, más de una vez se sorprendió a sí misma mirándolo fijo y de frente, abstraída en la armonía de su rostro.

Tomaron marquesote y café antes de partir. Las mujeres harían el recorrido en calesa. Con gentileza el doctor las ayudó a subir por el pescante, que siempre las hacía tambalear al elevar el pie para impulsarse.

Ernesto Chapman y José Limantour subieron a sus caballos, los espolearon un par de veces y adelantaron el paso lo necesario para hablar con franqueza. El padre de Angélica no quería que las mujeres los escucharan discutir sobre el gran disgusto que permeaba en el grupo más cercano al presidente Porfirio Díaz, provocado por las acciones de protesta de Francisco I. Madero, y del apoyo que Díaz le solicitaba por su conducto para telegrafiar con carácter de urgente cualquier noticia o rumor de traición que llegara a sus oídos. Limantour no podía negarse a la petición del presidente, no después de haber sido el conducto para que a Francisco I. Madero se le permitiera el arresto domiciliario en vez del carcelario.

—¿Cómo está don Porfirio?

—Muy confiado. Más de lo que aconseja la pruden-
cia. No quiere darse cuenta de que hay mucha inquietud. El
memorial que presentaron los antirreeleccionistas es impecable. Sustentaron con testimonios, protestas firmadas, actas le-
vantadas ante el Ministerio Público, en fin, un razonamiento
jurídico que pide la nulidad de las elecciones.

—¿Ya lo respondieron?

—Un simple: "No ha lugar a lo que objetan" —Limantour se elevó un poco sobre la silla y concluyó—. Que no será
suficiente para aplacarlos.

Más adelante, descendieron de la calesa para ver de cerca
los sarmientos. Angélica jugaba a enredar los zarcillos entre
sus dedos. Nunca había estado en un viñedo, por lo que se
asombraba ante las hileras de parras alineadas con tal perfección que se perdían en el horizonte. Admiraba también
el púrpura de las uvas *cariñena, grenache* y *cabernet;* así como el
verde brillante de la *sauterne* y la *marsala.*

Al final del recorrido, muy cerca de la Casa Grande, se
detuvieron frente a una construcción parecida a un coberti-
zo. Daniel tomó la mano de Angélica para llevarla a ver el
interior de uno de los toneles en los que la fermentación
hacía que el jugo hirviera. Olía a madera y nuez. Por alguna razón, esa fragancia le trajo a la memoria aquella mañana
en que su madre le dio a probar una ciruela roja, dulce, ju-
gosa, que a la primera mordida le escurriría hasta la pechera
de su vestido. Sin advertirlo sonrió ante el recuerdo de aquella mancha que jamás pudieron remover. Al doctor le atrajo la
risa franca de Angélica y los grandes dientes que asomaban
al sonreír.

—Este vino tiene dieciocho meses de maduración —señaló el padre de Daniel— y ya está listo para embotellarse, ahí pasará otros tres años de reposo. Ha sido de nuestras mejores cosechas.

Después de almorzar bajo la sombra de una higuera, regresaron a la hacienda; una larga fila esperaba ya al doctor para recibir consulta. En un rincón, un pequeño de no más de seis años lloraba en silencio. Sus ojos negros y redondos brillaban asustados. Angélica se acercó a él, lo tomó de la mano y lo llevó con el doctor. El médico sostuvo entre sus manos el delgado brazo, mientras el chiquillo se resistía en un instinto de proteger la quemadura de su mano y parte del antebrazo. Aunque era de primer grado, le causaba mucho dolor. Con un aplicador esterilizado sacó un poco de pasta de zinc para untarlo en la herida, antes de tocarlo siquiera, el pequeño gritó y abrió los ojos desorbitados. Angélica acarició su cabeza.

—Deja que te atienda el doctor.

—Me va a doler.

—Sólo sentirás fresco, además, tú eres un niño muy valiente.

El pequeño sonrió mientras el médico cubría la herida con la pomada.

—¿Lo ves? ¡Ya está listo! No te dolió, ¿verdad? —Angélica volvió a acariciar su cabeza.

Pasaron la tarde entre consultas hasta que la noche los encontró agotados. Angélica se alegraba de haber descubierto el brillo en los ojos de Daniel con cada nuevo paciente que atendía. No le quedó duda de esa vocación llamada a atenuar el dolor ajeno y del futuro que le esperaba a su lado, con ausencias recurrentes. Sin embargo, no le importó, fue tan grande la satisfacción que le dejó esa tarde que pensó que bien valdría pasar la vida con ese hombre.

❧

Segura de que nadie más lo haría, Josefina Chapman se celebraba a sí misma cada año. Tan pronto contrajo nupcias supo que su marido no sería un hombre de detalles, menos de regalos o cenas íntimas. Aún tenía fresco el recuerdo de ese primer dieciocho de agosto, un día soleado en Parras, en que amaneció segura de encontrar su regalo sobre la mesa de noche. Le había hablado días antes de un *pendientif* de oro que se exhibía en una tienda en Monterrey. Una insinuación sutil mientras cenaban con la confianza de que su esposo entendería su deseo por ese colgante de oro y perlas que a ella tanto le había gustado.

Pero su marido le dio los buenos días de todas las mañanas y nada más.

Ella se desencantó al ver la mesa de noche vacía. De inmediato pensó que su marido la probaba y al medio día o durante la cena le daría la sorpresa. Se recompuso. Al llegar la hora de la comida, él sólo habló de Carlos Ugarte, el vecino de la hacienda de enfrente, y de la carrera de caballos que organizaba una vez al año *porque esta vez va a ganar mi alazán, ya verás, Josefina, ni el tostoneado de mi compadre tiene nada que hacer junto a él, tampoco el tordillo que ganó el año pasado.* Como si a ella le importara ese pasatiempo de animales sudorosos, fustigados bajo el mando de sus jinetes. Conforme avanzó el día la esperanza de que su marido la sorprendería en algún momento con algún obsequio, se fue esfumando; por la noche, al escuchar junto a ella su fastidioso ronquido estuvo segura de que definitivamente había olvidado su cumpleaños.

Tras sus primeros cinco veintiocho de agosto en los que olvidó felicitarla y también los cuatro de octubre en que no recordó su aniversario de boda, se hizo a la idea de que si quería festejo tendría que organizarlo ella, y si quería un regalo, ella misma tendría que ir a comprarlo. Reconoció que su marido ni Daniel tendrían en la mente las fechas significativas de su vida, por lo que sin darle mayor importancia desde entonces se resignó a celebrarse a sí misma.

En la mesa que yacía en el centro de la cocina, Lola y Rosario picaban zanahorias y desenvainaban chícharos. A su ritmo y con la precisión de un cirujano pasaban el filo del cuchillo en la verdura para formar delgadas julianas, simétricas, perfectas, apiladas sobre la cubierta de madera. Nada en la cocina escapaba al ojo avizor y experto de Josefina Chapman, quien cumpliría años al día siguiente y deseaba una cena memorable para agasajar a sus futuros consuegros. Y aunque en algún momento pensó en preparar uno de los platillos franceses que don Porfirio había implantado entre la alta sociedad de México, finalmente se decidió por uno de la región.

Todos sabían que la ristra de ajos que colgaba en una de las paredes bajo la imagen de San Antonio servía para condimentar el alimento y también para ahuyentar a los malos espíritus. Josefina le pidió a Lola que arrancara una cabeza grande para preparar la salsa del deshebrado. La joven tensó los bruñidos músculos de las piernas y alargó el cuello bajo el nudo

143

de sus trenzas para desprender una cabeza que sería machacada en el molcajete con el tomate y la cebolla. Se persignó con los ajos por aquello de los malos espíritus, tomó algunos chiles colorados de los sacos que descansaban en una esquina y los dejó remojar en un cuenco de barro. Vio de reojo el comal de hierro y el metate de piedra tallada en los que había aprendido desde niña a hacer tortillas, moles y salsas. De tantas quemadas había hecho callo en los dedos. Y cuando fue capaz de aguantar casi sin sentir los raspones en la piedra ni los rozones de quemaduras, la dejaron sola, sin más advertencias. Su vida había transcurrido en esa cocina, entre esos aromas que todos elogiaban, pero que para ella eran un castigo que la ataba a la Casa Grande. Desde que era una niña su inquietud la había hecho desear estar al aire libre, con las manos metidas en la tierra o en la poda de las uvas, pero su madre le descubrió esa habilidad que marcó su destino para siempre. Sólo cuando el azúcar se espesaba en la mantequilla para hacer el caramelo al flan de huevo, y despedía un olor tan dulce que todos los demás le cedían su lugar, a Lola se le disipaba la malquerencia hacia la cocina, inflaba el pecho y aspiraba hondo.

Todos en la Casa Grande ayudaron a organizar la fiesta de Josefina. Algunos en el acomodo de las flores, otros en la limpieza de la cuchillería de plata que a fuerza de brazo tendría brillo de espejo, o en el movimiento de mesas ya fuera para alargar la del comedor o para espaciar el salón para el baile.

A media mañana, Daniel entró a la cocina silbando una canción, rodeó la cintura de su madre y besó su mejilla. Ella aprisionó las manos de su hijo entre las suyas, aún suaves de amasar las galletas. El doctor pasó el dedo por el merengue de limón con que Lola decoraba el pastel, le hizo un guiño de aprobación y ella sonrió. Era una sonrisa grande, contenta, orgullosa, la que reservaba sólo para él.

—Anda, hijo. Ve por el señor cura.

Daniel se dirigió a la parroquia de la Asunción de Santa María de las Parras. Su madre había invitado a comer al padre Rogelio Ordóñez, a pesar de que a la noche siguiente estaría entre los invitados a su fiesta y de que a él le provocaba un enojo evidente cuando llegaba a visitar la hacienda por sus insistencias en el deber de acudir a confesarse y *no dejes de ir a misa, muchacho; mira que si no cumples aseguras tu eterna condenación.*

Con el lento andar del carruaje pudo admirar el tamaño de los sabinos junto a la acequia, más altos en cada visita. Al cruzar el puente del arroyo de Morón, creyó oír un lamento. Aminoró la marcha de la carreta, aguzó el oído y escuchó. A veinte metros lo encontró, era un hombre mayor, de rodillas, con la espalda encorvada, las piernas cubiertas de polvo y el pantalón con algunas manchas de sangre. Gemía. Al escuchar los caballos aquel anciano con ojos coronados de arrugas giró el rostro, lo vio un segundo y después bajó la mirada. Un individuo robusto, de botas altas, camisa holgada y rostro descompuesto por la ira, lo azotaba con su fusta.

Al doctor le hirvió la sangre. Frenó de golpe a los caballos, amarró las riendas y descendió de un salto. Avanzó con firmeza, clavando las botas en cada paso sobre la tierra blanda. Se detuvo frente al capataz. El corazón le latía aprisa, un sofoco oprimía su garganta. No estaba seguro de dónde le venía ese coraje que más de una vez ya le había causado problemas. En la escuela se interponía para defender a Lalo que por su miopía trastabillaba todo el tiempo; o a Julio, el tartamudo, que a diario la pasaba mal por el escarnio de sus compañeros. Era un sentimiento que le nacía en el estómago, le subía y le enrojecía el rostro. En ese momento pasó la mirada del anciano al hombre que aún sostenía la fusta en alto. El capataz se contuvo ante la mirada del médico. Tras un segundo de duda, lo reconoció, retrocedió un paso y el doctor Chapman se le acercó. Pudo oler el sudor agrio y el aliento a ajo que despedía Artemio, el hombre de confianza de los Figueroa. Sintió deseos de tomarlo del cuello con fuerza, de hundir sus pulgares sobre la tráquea y mantenerse así. Podía oler su miedo. Sintió el desconcierto que su presencia causaba sobre aquel hombre. De un manotazo le arrebató la fusta, la arrojó a lo lejos y lo encaró. Sin quitarle la mirada de encima el doctor se inclinó para ayudar al anciano a incorporarse. Sin decir ni una sola palabra, dio media vuelta y lo subió a la carreta.

El capataz se quedó ahí, inmóvil. Sabía que no podía enfrentar al médico por la fuerza, todo el pueblo lo estimaba y además no eran iguales. Tenía muy claras las diferencias que los separaban de *los patrones*. A esos siempre había que obedecerlos. Con los dientes apretados recogió la fusta, subió a su caballo y galopó rumbo a la cueva de Texcalco. Tendría que dar cuenta a su patrón de lo sucedido, seguro de que Juan Figueroa le llamaría la atención *por pendejo, por haberse dejado amedrentar y lo peor: por haber dejado ir a un jornalero.*

—Yo no rompí la barrica de vino —musitó el anciano.

—A mí no tienes que darme explicaciones.

Los ojos oscuros, hundidos en aquel rostro curtido por horas y días bajo el sol, se humedecieron.

Llegaron a la parroquia. El cura vio al anciano y su rostro se endureció.

—¿Quién te hizo esto?

El anciano vaciló un momento, quería decirle que había sido Artemio; y antes que él, cuando todavía era un hombre fuerte y robusto, Fortunato; y todavía antes, siendo niño, el señorito Pedro, pero finalmente decidió guardar silencio. Siempre había callado, porque a los que se atrevían a cuestionar una orden, los patrones los corrían y se pasaban la voz entre ellos para no contratarlos, por "revoltosos".

—¿No quieres decirme? Bien. Pero si no sé quién te golpeó, no podré rezar por él ni llamarle la atención para que se corrija.

—Fue Artemio, el capataz, señor cura.

—¿De la Hacienda El Rosario?

El anciano no respondió, se encerró en su mutismo durante todo el regreso a la hacienda. El doctor curó sus heridas y, sin embargo, no pudo curarse a sí mismo el disgusto con el capataz, ni ese día ni al día siguiente en la fiesta de cumpleaños de Josefina en que todos reían menos él.

—⁊⁊—

El sábado 9 de septiembre mi nana y yo partimos hacia la estación del Golfo. El cielo de Monterrey vertía tanta agua que las ruedas del coche resbalaban y daban tumbos, nos teníamos que asir del asiento para no perder el equilibrio. Román hizo algunas maniobras hasta que finalmente los caballos y las ruedas se alinearon para marchar en la misma dirección.

Me disgustaban esos días grises, cuajados de lluvia sin descanso en los que mis botines y el dobladillo de mi falda se enlodaban. Todas las calles de la ciudad se cubrían de agua, la gente miraba la oscuridad de las nubes con recelo y volvían a su memoria aquellos días trágicos cuando el río Santa Catarina desbordó y arrasó con todo.

Una vez en la plataforma nos dirigimos hacia nuestro vagón. Aunque habían llegado algunos rumores de asaltos, sabíamos que no sucedían en este tramo del ferrocarril; sin embargo, el riesgo era latente. Mi nana Refugio lo sabía y tal vez por eso se sacó del pecho el escapulario que llevaba al cuello, se santiguó tres veces y recitó unas frases en náhuatl que no entendí.

Totatzine ynilhuicac timoyetztica:
macenquizca yecteneualo yn motocatzin.
Maualauh in motlatocayotzin.
Machiualo in tlalticpac yn ticmonequiltia,
yniuh chiualo ynilhuicac.[4]

—¿Qué haces, nana?

—Recito la oración del Padre nuestro que me enseñó mi abuela, para que nos vaya bien en el camino, *mi'nita.*

—Dila en voz alta para que yo me una, entre las dos puede ser más efectiva.

[4] Padre nuestro en náhuatl, versión de Juan de Anunciación, *Cathecismo en lengua mexicana,* 1577. Biblioteca pública del estado de Jalisco Juan José Arreola.

Yntotlaxcal mumuztlae totechmonequi,
ma axcan xitechmomaquili.
Maxitechmopopolhuili yn totlatlacol,
yniuh tiquimpopolhuia intechtlatlacalhuia.
Macamo xitechmomacauili,
ynic amo ypan tiuetzizque in teneyeyecoltiliztli.
Maxitech momaquixtili, yniuic pa in amoqualli.
Ma yuh mochiua.

Tan pronto el ferrocarril abandonó la estación, mi nana dejó descansar su falda en el asiento del vagón, se alisó el *quexqué-mitl* sobre el pecho y durmió. Yo me adentré en mi lectura, en el romance de *Marius y Cosette que no se hablaban, no se saluda-ban, no se conocían: se veían y, como los astros en el cielo que están separados por millones de leguas, vivían de mirarse,* y en el arrullo del tren que también me obligó a dormitar a ratos.

En algún momento pasamos por un paraje salpicado de solitarios huizaches. En otro sitio, a lo lejos, se avistaban los mezquites, y más allá, la Sierra Madre Oriental, imponente con sus cumbres majestuosas y abruptas. Mi mirada se extra-viaba en aquellos paisajes desérticos y desolados que avanzaban uno tras otro frente a la ventana, similares a esos cuadros de los nuevos filmes que proyectan en las salas de cine.

Rememoré los últimos días en Monterrey: la emoción de haber llevado el mensaje a don Viviano Villarreal, las juntas con los seguidores y la respuesta para el señor Madero que escondía bajo mi corsé. Debía entregarla al centro de opera-ciones tan pronto llegara a San Antonio.

Durante esas semanas había estado tan ocupada que casi olvidé al doctor.

En el día me la pasaba de un lado a otro. Me levantaba muy temprano para ir a alguna junta local del Partido Nacional Antirreeleccionista del cual ya formaba parte y que me permitiría apoyar las acciones para promover al señor Madero como candidato a la presidencia. Me entregaban un fardo con panfletos en los que se veía el rostro del señor Madero. O de algún corrido en los cantos populares maderistas. Hasta de su secretario Roque Estrada habían hecho uno. Los manifiestos y proclamas que se distribuían en los clubes antirreeleccionistas y que las mujeres distribuíamos por toda la ciudad, eran impresos en las prensas de *El Modelo*, propiedad del señor Evaristo Madero. Yo los acomodaba al fondo de un bolso grande, parecido a los que se utilizan para cargar fruta, y los cubría con naranjas para no levantar sospecha.

En uno de los clubes, Rosa Garza González, una maestra con cara redonda que se sonrojaba con cualquier esfuerzo, me contó de las insurrecciones que habían iniciado en 1906. Muchos afiliados al PLM murieron y a los dueños de comercios o empresas que apoyaban al PNA los amenazaban constantemente. Habían luchado en Chihuahua, Coahuila, Veracruz, Oaxaca y, en algunos casos, unos agentes privados estadounidenses llamados los *Pinkerton* informaban al gobierno de Porfirio Díaz de las conspiraciones que se hacían en su contra. Rosa me repetía con voz emocionada esas frases de los moribundos frente a los máuseres: La causa triunfará. No hagan caso de mí. No porque muera un chivo se va a acabar el ganado. Y las de Pedro Miranda que antes de morir dijo: Ya no puedo, no se rajen, sigan adelante. Fascinada con sus relatos me imaginaba la refriega, olía la pólvora y escuchaba los gritos de los que empuñaban sus armas, listos a matar o a morir. Y morían porque creían en su insurrección. Esas historias de hombres y mujeres valientes, presos o muertos, me inquietaban todos los días.

Por las tardes pagaba los tres centavos para subir a uno de los veinticinco tranvías que cruzaban la ciudad y visitaba el orfanato o llevaba comida a los pobres que se congregaban en el atrio de la catedral. Bajo los árboles de la plaza se sentaban sin otro quehacer más que ver el cerro de la silla a sus espaldas. No importaba que el día fuera claro, que el cielo despejado calentara el aire, ni que las calles se llenaran de paseantes, a mí el corazón se me arrugaba al ver su desdicha y un dolor de rabia me convencía de que hacer algo por mi pueblo era lo correcto.

Pero por las noches era distinto. El voto de la mujer y los ideales quedaban atrás, se desvanecían y mi mente transitaba hacia mi amado doctor. El espacio se acortaba y sólo recordar su rostro me bastaba. Veía sus ojos azules, su sonrisa, sus labios abiertos llamándome: *Marie*. Me daban ganas de regresar y contarle todo lo que había hecho. Ansiaba estar cerca de él. Me asombraba que apenas unos días guardados en el recuerdo bastaran para alimentar la ilusión por una persona.

Habían pasado tres semanas que por su ausencia me parecieron más largas. ¿Cómo una persona puede alterar tanto la vida de otra? ¿Puede filtrarse en la piel y latir dentro? Mi alma era una estampilla tan pegada que de removerse dejaría una parte sobre el papel en la que estaba, sobre la piel del doctor. Pero ya pronto lo veré. Es nada. Unos días, unas horas. ¿Se animará, por fin, a decirme que me ama? Porque a veces siento que se ha enamorado de mí. He visto sus ojos iluminarse. Percibo su emoción al estar cerca. Espero que

151

algo me deje saber de manera más clara. Confío en que se anime a hablar con mis padres para pedir mi mano o, al menos, para cortejarme. Mis padres estarían contentos de su petición, hasta mamá. Y sobre todo porque antes de irse a Parras, la última vez que lo vi, dijo que contaría el tiempo para regresar. Así lo espero.

Y mientras tanto, toco mi mano, justo aquí, en este retazo de piel, recupero su beso, vuelvo a sentirlo como si acabara de suceder, como si sus labios tibios todavía estuvieran ahí.

❧

La vendimia había terminado. Bajo el arrope, las parras sin fruto esperarían la poda, un nuevo brote iniciaría su ciclo.

La recolección había sido abundante y Ernesto estaba contento. Todo se había dado como esperaba; no tenía motivo de queja. Los jornaleros, las cocineras, los mozos y palafreneros sabían que su patrón los compensaría con una paga extra. Sin embargo, el doctor no compartía esa alegría, con el inminente acuerdo matrimonial, no tenía ánimo de discutir con su padre, sólo deseaba regresar con sus pacientes de San Antonio y con María. Se había enterado por los periódicos de las revueltas sofocadas en Valladolid, Veracruz y Yucatán. El gobierno de Porfirio Díaz había hecho de las amenazas y la violencia los medios para pacificar cualquier intento de sublevación. Los embajadores daban cuenta a sus países de que una revolución general era imposible. Con Bernardo Reyes en el exilio y Francisco I. Madero en la cárcel, el presidente confiaba en que su gobierno era sólido.

Convencida de que tendría suerte de convertirse en la esposa de Daniel, Angélica le hizo saber a sus padres que deseaba conocer San Antonio.

—Te perderías los festejos por el centenario de la Independencia —dijo Limantour.

—Y el cumpleaños de don Porfirio —acotó su madre—. Recuerda que retrasó un día la celebración para que coincidieran. También la inauguración del Ángel de la Independencia.

—Me parece que el ángel seguirá ahí cuando regrese. Y a don Porfirio ya lo he visto muchas veces. Si están de acuerdo, prefiero ir a San Antonio.

Accedieron y los futuros consuegros se miraron con complicidad. El médico se movió en su asiento, inquieto ante la idea de llevar a Angélica con él, se pasó la mano por el cabello, abrió el reloj, leyó su inscripción: *Ejerce tu medicina con honor y pasión*. Hizo una mueca. No estaba seguro de que llevar a su prometida fuera una buena idea, sentía que ése era su territorio, el lugar donde se movía con libertad, sin ningún ojo inquisidor sobre él, sobre lo que hacía. Repensó su situación y concluyó que cualquier excusa para evadirse sería deleznable, incluso ruin. Hizo otra mueca y guardó silencio, pero no uno resignado, sino meditabundo, buscando un asidero al que adherir su voluntad. Era el silencio del que comienza a creer que se puede llegar a amar si verdaderamente se quiere. El médico sucumbía a pensar de la misma forma que la madre de María, que no perdía ocasión para repetirle que *a amar se aprende en el día a día*.

A la semana siguiente Angélica y su dama de compañía tomaron el tren en la estación de Saltillo y partieron hacia el norte con el doctor.

—¿Cree que me gustará San Antonio? A veces temo no poder adaptarme. No sé si me entienda.

No sólo la entendía, hasta cierto punto la admiraba. ¿Cómo una mujer era capaz de atravesar su país y adentrarse en una ciudad nueva, lejos de su familia, de lo que es suyo, por obedecer a sus padres y ser fiel a la tradición? ¿Qué era esa norma impuesta en la que todos, hombres y mujeres, traicionaban su voluntad con tal de no faltar a la sociedad? A quienes se atrevían a romperla, les esperaba el señalamiento, el ostracismo. Aunque nunca faltaba alguien que contra todo ímpetu familiar se rebelara hasta negarse a tomar a la mujer que le habían elegido e incluso fugarse con algún amor celosamente guardado, aunque implicara su destierro social y familiar. Porque en esos casos se le daba por muerto para la familia.

Recordó a Pedro, el caporal, que se casaría el siguiente mes con Felipa, y sintió envidia de su libertad. Se dio cuenta que a mayor fortuna más duros eran los yugos sociales que había que soportar y de pronto deseó ser otro, ser Pedro el caporal. Imaginó una vida tranquila al lado de María. Ansió tener la libertad para verla, cortejarla sin restricciones. Para pasear con ella por la ribera del río y disfrutar descalzos la hierba fresca al caer la tarde. Para ensimismarse con alguna lectura y reír con ella. *Qué afortunado es Pedro, porque mejor es dormir en un duro petate con quien se ama que bajo la suavidad de unas sábanas compartidas con quien no se quiere.*

—No se preocupe —la tranquilizó—. Verá que le gustarán la gente y los lugares que va a conocer.

Angélica se giró para ver tras la ventana del tren. El médico no supo si ella lloraba, si tejía recuerdos o si simplemente

154

admiraba el paisaje. Se jactaba de conocer a la perfección la anatomía femenina, sus extremidades delineadas en curvas sutiles o robustas que remataban en valles y crestas. Se había habituado a tratar con ellas, al funcionamiento de cada parte de su cuerpo y de sus ciclos mensuales. Pero donde terminaba su saber era en su mundo interior, en aquella vastedad de sentimientos que lo desconcertaban. Angélica también era un misterio, era ese enigma colmado de incógnitas y traído desde la capital para ser su esposa.

Mientras avanzaba el tren y la ciudad aparecía en el horizonte, el doctor se sentía pequeño. Le inquietaba ser capaz de llenar las expectativas de Angélica, acostumbrada a la vida en sociedad de la Ciudad de México, a una educación refinada, a los viajes y a las largas temporadas en sus residencias en la república y el extranjero, que la vida entre Parras y San Antonio podría resultarle poco atractiva.

Se preguntaba qué habría detrás de esa mirada confiada, si querría una familia y creyó leerlo en su trato con los niños, en la atención que daba a los pequeños que iban al consultorio o a los que deambulaban en el atrio de la parroquia. Pero no estaba seguro.

Llegaron a San Antonio una tarde fresca de septiembre. Matías los esperaba en la estación del tren; antes de ir a la casa pasaron frente a la Misión de San José, El Álamo, la Plaza del Mercado, el río San Antonio y la catedral de San Fernando. Bordearon el río que le recordó al doctor el listón con que María anudaba su cabello y sintió deseos de verla, su corazón se aceleró y comenzó a urdir algo para reencontrarla en algún momento en que no estuviera con su prometida.

20 de septiembre de 1910

Saber será tal vez el asesinato de mi alma humana.

Clarice Lispector

—¡Enrique! ¡Ven pronto! —se escuchó la voz ansiosa de papá—. ¡Rápido, acompáñame a Laredo! Tu tío Pascual está por llegar y viene herido.

Enrique se acercó en silencio y asintió sus indicaciones. Mi hermano lo entendía de un modo distinto. Entre ellos no había necesidad de muchas palabras, el ámbito militar se había trasladado a casa y a mi hermano sólo le faltaba decir: "sí, mi general; no, mi general; lo que usted ordene, mi general". Todos sabíamos que el 27 de septiembre el Congreso había rechazado por segunda ocasión las pruebas del fraude, y con ello le daban el triunfo a Porfirio Díaz. Lo que apenas estábamos por averiguar es que este hecho sería un detonador.

—¿Qué sucedió, papá? —me asusté.

—Nadie sabe exactamente. Pero, independientemente de su estado, no se puede dar a conocer. ¿Entienden? Ni una palabra de esto a nadie. Si se sabe que don Francisco está en San Antonio, todo el plan se puede venir abajo. No lo mencionen ni siquiera a su madre, en especial a ella.

Papá se detuvo un segundo, se notaba en su semblante que discurría qué hacer.

—María: ve con el doctor Chapman, dile que en cualquier momento le pediremos su ayuda para atender al señor Madero.

161

—Su familia y la de los Madero no se llevan bien —afirmé.

—Tendrás que convencerlo. Es el único doctor de confianza. ¡Vámonos, Enrique!

Mi mente no digería lo que papá me acababa de decir. Me quedé ahí, clavada al suelo, fría cual estatua de mármol. No sé cuánto tiempo pasó, si fueron minutos o más.

Lo siguiente lo recuerdo tras un velo. Todavía con el corazón acelerado y acompañada de Refugio, partimos en el carruaje hacia la casa del doctor. Conocía su ubicación, porque ya antes habíamos ido a dejar una canasta de dulces de parte de mi madre. Durante el trayecto me golpeaba en la cabeza la noticia del señor Madero. Por otro lado, me preocupaba más plantear al doctor la petición de atenderlo.

El tiempo llevaba prisa, al menos entre mis cavilaciones a mí me lo pareció, porque en un instante llegamos a su casa. Subimos las escalinatas hasta el segundo nivel.

Mi nana accionó la aldaba tres veces. Por un momento deseé que nadie respondiera. Me veía a mí misma con mi vestido y sombrero celestes, tan ridícula que me daban ganas de echarme a correr hasta el carruaje para volver a casa.

El ama de llaves abrió la puerta y nos pasó a la sala. Sentada en medio de un amplio sofá estaba una mujer muy bella. Sus ojos eran grandes, oscuros. Hacían juego con su cabello y contrastaban con el tono pálido de su piel. De inmediato me recordó el camafeo que mi madre prendía los domingos sobre el cuello de su vestido.

—Disculpe que me presente sin invitación. Soy María Treviño y tengo que comunicar un asunto urgente al doctor Chapman.

—Daniel está en su consultorio. Pero no tardará en llegar.

¿Daniel? ¿Por qué lo tuteaba? Por un momento dudé. Alejarme del doctor habría sido lo más fácil, pero no podía irme.

—Siéntese, por favor. Soy Angélica Limantour. ¿Desea un vaso con agua de limón?

Las notas de su voz eran como las de un dulce violín, la bondad en su mirada, semejante a la que se busca en una amiga. Todo en ella me agradó: el vestido verde claro, corte imperio; la cinta amplia que ceñía la parte alta de su cintura y terminaba atrás en un lazo; el cabello negro, recogido en un moño; la cascada rizada y abundante sobre la nuca; los pendientes como dos gotas de leche.

—No la he visto antes en San Antonio —sonreí.

—Tengo poco tiempo aquí. Soy de la Ciudad de México.

—¿Es familiar del doctor?

—No —luego de un segundo agregó con una amplia sonrisa—. Soy su prometida.

El mundo se detuvo. Un proyectil traspasó mi frente y desde el centro hizo estallar mi cabeza en mil pedazos. Tuve que hacer un gran esfuerzo para controlarme, para no llorar. ¡Su prometida!

Me obligué a cerrar los ojos. Apretados. No pude pensar. Tal vez no había entendido. Él nunca mencionó ningún compromiso. Aunque no tendría por qué. Qué estaba sucediendo. Aunque en realidad no habíamos hablado mucho, salvo de mi tobillo, de la democracia y del señor Madero. ¿Pero por qué no decirme algo tan importante? ¿Por eso me alejó aquella noche cuando casi nos besamos?, ¿comprometido?, ¿mi doctor estaba comprometido?

No recuerdo de qué hablamos después. El velo se hizo denso. Veía sonreír a esa bella mujer. Algo me decía ella y yo asentía. La tristeza fue abrumadora, el dolor agudo. En algún momento me llevé la mano al corazón, porque sentía que me dolía. El aire se hizo escaso, sentí que me faltaba.

Me incorporé del asiento y con una excusa, salí al pórtico. Un temor gélido se me metió en el alma. El llanto que antes peleaba por salir se había congelado en mi interior. Debía ser fuerte, elevé la vista al cielo y respiré hondo varias veces.

Ya repuesta tomamos una taza de té, un prolongado silencio se asentó entre nosotras, apenas podíamos hablar. Ella asustada de mi mutismo y yo aterrada de tener que ver al doctor en cualquier momento.

Al poco tiempo llegó él. Su rostro se veía cansado. Al verme, su fatiga se tornó en asombro. Su mirada brilló y en un segundo nuestras pupilas reflejaron esos días en que sus manos me rozaban el tobillo y sus labios tibios saludaban mi mano. Hizo un esfuerzo por ser indiferente, por reprimir su turbación, o al menos, eso quise creer. Cruzó la sala hasta mi lugar mientras se removía el bombín de la cabeza. Lo dejó sobre el sofá. En un lado recargó el bastón con empuñadura de oro que siempre llevaba consigo.

—*Marie*, qué sorpresa verla por aquí —tomó mi mano y, con cortesía, la besó—. ¿Cómo sigue su tobillo?

Hice acopio de toda la fuerza de mi aturdido cuerpo.

—Es otra urgencia la que me trae.

—La dejo a solas con el doctor, *Marie*. Me alegró conocerla —dijo Angélica.

¡Marie! ¿No contenta con arrebatarme al doctor —pensé enfadada—, también me despojaba del nombre? Ese modo

único, particular, que de alguna manera al ser pronunciado por sus labios me vinculaba a él, me daba una identidad distinta, una creación suya en su modo de mirarme, de sentirme. ¿Cómo una mujer tan dulce podía dejar un sabor tan amargo?

Nos quedamos solos. Expliqué mi presencia en su casa y conforme avanzaba, mis sentimientos cambiaron, estaba tan dolida que deseaba hacerle daño. ¡Sí! El enojo, la frustración y la impotencia me invadieron. Cómo es posible que ahora quisiera lastimar al hombre que tantos días me había robado el pensamiento. ¿Se podía amar y detestar al mismo tiempo? Todo era confuso. Lo único que me quedaba claro era que tenía que atemperar mis sentimientos hasta lograr el cometido que me había llevado hasta ahí. Tragarme la humillación.

—Usted sabe que mi padre y mi tío Pascual son colaboradores cercanos al señor Madero —él asintió con un movimiento de cabeza—. Bien. Hace unos días, don Porfirio le levantó la libertad condicional y ordenó apresarlo nuevamente. Sólo porque el encargado de la cárcel simpatiza con él, don Francisco recibió el aviso a tiempo para escapar de San Luis. Mi tío Pascual se fue a ayudarlo, pero en la huida fue él quien resultó herido. Avisaron a mi padre que venían para acá. No sabemos con exactitud la gravedad de su estado, lo que sí es seguro es que necesitará de atención médica.

—Tendrán que llevarlo al hospital.

—Nadie puede saber que mi tío ni que el señor Madero están en San Antonio. Lo necesitan a usted —susurré.

El doctor guardó silencio. A mí me quedaba claro que en su casa no sería posible. Quizá su consultorio no era el lugar ideal, pero, dadas las circunstancias, sería lo más indicado.

La camilla, una vitrina con medicinas e instrumentos que vi la mañana que me llevaron con el tobillo lastimado, me hacían pensar que tal vez podría ser ahí.

—Bien, *Marie*. Diga a su padre que lo atenderé en el consultorio.

—Tal vez no sepa lo que va a suceder, y no se lo puedo ocultar: el señor Madero pronto hará un llamado a la nación para tomar las armas.

Un levantamiento contra el régimen porfirista significaba ir contra los intereses de su padre, apoyar al hombre cuya familia había sido su competencia en la elaboración de vino y que de acceder a la presidencia los dejaría en situación de desventaja, incluso pondría en riesgo el futuro de la hacienda.

El doctor tomó su leontina y, con ese gesto que ya tan bien conocía, la abrió para ver su inscripción: *Ejerce tu medicina con honor y pasión.*

—No tenga cuidado, *Marie*. Cuando sea necesario atenderé a su tío Pascual en mi consultorio.

—Por favor, no puede comentarlo.

—Confíe en mí.

¿Cómo me pedía eso luego de conocer a su prometida si ni siquiera me lo había mencionado? Las ideas se me hacían una madeja de estambre que no tenía fin. Me esforcé por no confundir las cosas, al fin y al cabo el doctor era sólo eso, mi médico.

Desde ese momento quise sacármelo de la cabeza, de mis pensamientos, tomar su corazón y pisotearlo, romperlo en mil pedazos, del mismo modo que él acababa de romper el mío. Y al mismo tiempo me invadía la tristeza del por qué no me amaba a mí. Por qué yo no valdría igual o más que Angélica Limantour.

Durante la noche me di cuenta de que tal vez me había ilusionado sola. En mi imaginación habría confundido la amabilidad con atracción, la cortesía con deseo, la atención con amor. No podía estar más deshecha.

❧

Esa madrugada el doctor se preparó para salir sin siquiera imaginar los sucesos que vendrían. Revisó su barba en el espejo ovalado: le crecía densa. Tomó la brocha con espuma de afeitar y la esparció por el mentón. Pasó la navaja con cuidado por ambas mejillas, sobre el labio, la barbilla y por la garganta, tuvo cuidado en el cuello. El sonido era rasposo y acompasado. Al final se lavó y se vistió.

Matías había ido a visitar a su familia por lo que el doctor condujo el auto entre las calles de San Antonio que a esa hora apenas despertaban. A su paso, el retumbar de los cascos de caballo se silenciaban bajo el sonido de su motor. *Cuando los tiempos cambian, hay que adaptarse*, se decía en el trayecto. *Fue una buena decisión comprar el Pierce Arrow aunque, más adelante quizá lo cambie por un Ford T*. Le habían dicho que era capaz de alcanzar una máxima de 75 kilómetros por hora y ésa era una gran velocidad que bien se podía aprovechar para atender urgencias en las inmediaciones de la ciudad.

A un par de cuadras del consultorio se encontraba el Hospital Santa Rosa y, hacia el oeste, el Hospital de la Ciudad. No había ruido aún por el tráfico de automóviles, carruajes o

167

caballos, sólo el rumor del río que jamás dormía. En el cruce con la *Commerce* un automóvil le salió al paso. Se bajaron dos hombres que le pidieron darse prisa. Aceleró hasta el fondo. Llegaron al consultorio y otro automóvil ya esperaba ahí.

—Bájenlo con cuidado —pidió el doctor.

Ingresaron al consultorio. Su rostro denotaba dolor, pero él no se quejaba. La espesa barba y el abundante bigote todavía tenían algunas salpicaduras.

—Recuéstenlo en la camilla.

En voz alta le preguntó:

—Pascual: ¿me escucha? Necesito que me lo diga.

—Sí —susurró él.

De inmediato el doctor revisó las pupilas, los pulmones, el pulso y la frecuencia cardiaca. Suspiró aliviado al constatar que a pesar de la pérdida de sangre, sus signos eran estables. Reunió tijeras, gasas y vendas.

—Cortaré sus ropas —le informó mientras sumergía unas compresas en agua.

Pascual asintió. Su mirada se oscureció perdiéndose en sí misma. Cerró los ojos. El cabello castaño y escaso caía a los lados de su amplia frente. Tomó tres compresas húmedas para limpiarle la cintura. Encontró una perforación en la parte superior derecha del abdomen, justo debajo de las costillas. Era un orificio de bala que aún sangraba.

A pesar de ser un hombre fuerte, la sangre que había perdido y el trayecto hasta San Antonio lo habían debilitado. El doctor lo giró sobre su costado derecho, revisó la espalda. Pascual se quejó con la maniobra; a pesar de ello el doctor retiró las ropas y limpió la piel para buscar el orificio de salida. Pero no había. No será sencillo, pensó nervioso. Repasó deprisa las posibles complicaciones, limpió la espalda para buscar otras heridas, pero no había ninguna. Solamente había sido el ímpetu de una bala, irrespetuosa en su trayecto, que había desgarrado el tejido, pero no el espíritu de aquel hombre.

Informó al general Treviño que lo correcto sería llevarlo a un hospital para hacer una revisión quirúrgica, pues lo más probable era que un órgano o un vaso sanguíneo se encontrara lesionado. Esperaba que secundara sus razones en un último intento de no cargar con la responsabilidad si algo salía mal.

—Hágalo aquí —y en su mirada se dejaba ver la intención de asegurarse de que su voluntad se cumpliera.

No perdió más tiempo. Llevó aparte a tres de los hombres que lo habían trasladado y rápidamente los instruyó. Entre ellos había un joven de ojos serios que prestaba especial atención. Se dirigió hacia él:

—Usted me asistirá. Le enseñaré a lavarse las manos y antebrazos, nos colocaremos los guantes y me ayudará con la cirugía. Necesito que esté atento a todo lo que le diga y que siga mis instrucciones al pie de la letra. Tendrá que mantener la calma en todo momento. Si le pido que sostenga la herida abierta con los separadores lo tendrá que hacer de manera estable y con fuerza. ¿Cree poder hacerlo? —el hombre asintió.

Contrariado de hacer la cirugía en esas circunstancias, el doctor hizo acopio de fortaleza, como hacía frente a cada paciente en riesgo. Estaba nervioso de encontrar algún vaso grande lacerado, porque sería difícil detener la hemorragia, o de que un órgano perforado hubiera contaminado ya el abdomen. Cuando iniciaron la cirugía, la anestesia había hecho efecto, por lo que al hacer la primera incisión no hubo reacción. Abrió capa por capa de tejido con el escalpelo, limpió la herida e inspeccionó cada órgano con la destreza que le había dado la práctica. Tenía que ser preciso. Si tan sólo llegara a rasgar alguno de los órganos vitales sería incapaz de corregirlo con el escaso equipo del que disponía.

De tiempo en tiempo, revisaba que los signos vitales no cayeran y que el hombre que le pasaba los instrumentos no perdiera su concentración.

Fue fácil retirar la bala que se encontraba libre en el tejido de la pared abdominal. El trayecto había cauterizado muchos de los vasos sanguíneos, sin embargo, una de las venas aún sangraba. No le tomó mucho tiempo suturar para detener la hemorragia y concluir el procedimiento. Limpió por última vez la herida, se aseguró de que no hubiera ningún otro sangrado activo y suturó la piel. Cuando se hubo retirado los guantes salió a dar parte.

—La bala no tocó ningún órgano vital —anunció aliviado—, aunque todavía no está fuera de peligro. Necesitará de cuidados y reposo para restablecerse, evitar cualquier movimiento brusco durante un par de meses.

—¿Un par de meses?

—Sí. Tal vez menos si no presenta alguna complicación, pero recuerden que no realicé la cirugía en las mejores condiciones, además del tiempo que tardó en recibir atención y la sangre que perdió durante el traslado. Es muy importante extremar cuidados.

—Entiendo. ¿Se quedará aquí en su consultorio?

—De dos a tres semanas o el tiempo necesario hasta que pueda ir a casa con su familia. Yo mismo lo vigilaré, pero necesitaré de una enfermera.

—Buscaré a alguien de confianza, quizá mis hijos María y Enrique podrían hacerlo.

—Me parece muy buena idea.

Un fulgor iluminó los ojos del doctor antes de despedirlos.

—៕—

Esa fecha quedaría marcada en nuestra historia, era el 7 de octubre de 1910. Un día fresco y tranquilo en San Antonio, pero palpitante para Pedro Luis Antonio de los Santos, los señores Arizmendi y Jerónimo Mascorro, entre otros que confabularon y participaron en la huida del señor Madero y de Roque Estrada, tal como lo contaron.

Habían cuidado cada detalle. Nada podía fallar. Doña Juana García de Cancino y Petra Cancino de Mascorro se habían hecho cargo de lavar la ropa de los Madero entre la que le entregaban la correspondencia y los planes de su escape.

Caía la tarde en San Luis Potosí y gruesas gotas se estrellaban contra la ventana del hotel Fiel Pastor que le servía de prisión. Había salido por una ventana que daba a la construcción contigua. Atravesó las calles hasta llegar a la parte sur de la Alameda, ahí lo esperaba Roque Estrada y algunos de sus seguidores, otros más se habían apostado a lo largo de la calle, dispuestos en lugares estratégicos, para defenderlo en caso de que sus perseguidores se interpusieran.

Desde ahí llegó a la casa de Jerónimo Mascorro, pasó la noche y a la mañana siguiente se fue con su escolta a la estación de ferrocarril. Arribó a Nuevo Laredo, acompañado de Julio Peña. Usaba mezclilla para no ser reconocido, pañuelo rojo al cuello y sombrero de palma.

Papá los había encontrado en la frontera según lo acordado y me dijo que, aun siendo general, por primera vez en su vida había sentido el miedo que paraliza hasta la entraña. Al cruzar la frontera para tomar el tren que los habría de conducir a San Antonio, un guardia les hizo seña de que se detuvieran lanzando al aire un tiro de advertencia. Todos corrieron y trataron de ocultarse en uno de los vagones de carga. Por desgracia, el proyectil rebotó e hirió a mi tío Pascual. Fue una herida sin gloria ni heroísmo. No había querido ni pensar en la posibilidad de que mi tío se les pudiera morir y se viniera abajo cuanto habían logrado. De que el ideal de la democracia se les diluyera entre los dedos igual que el vapor de la locomotora se desvanecía sobre los rieles de fierro.

Durante el trayecto a San Antonio le había oprimido la herida para evitar que se desangrara. Imagino que fueron horas larguísimas bajo constante temor. Cuando por fin llegaron mi tío apenas podía dar paso, tenía la cabeza gacha y la respiración entrecortada. En San Antonio ya los esperaban Aquiles Serdán, Enrique Bordes Mangel, Juan Sánchez Azcona y Miguel Albores.

De inmediato habían buscado al doctor Chapman para trasladarlo a su consultorio. Mi padre ya había recibido la nota de manos de un mensajero a galope de dos caballos, en la que yo le informaba que podían contar con él.

Ese día me había quedado en casa, tejiendo desaforada los minutos de unas horas eternas. En mi corazón temía por la salud de mi tío Pascual, me inquietaban los últimos sucesos y las consecuencias para nuestro país, porque de no triunfar el plan los cambios que tanto ansiaba para mi gente, y para mí, quedarían sólo en inútiles deseos. Me preocupaba la situación de papá y de toda la familia, pero más me molestaba la petición de mi padre apenas regresó del consultorio.

—Hija, sabes lo importante que es la absoluta discreción con el momento crítico que atraviesa el señor Madero y la salud de tu tío Pascual. He analizado varias opciones para que alguien se haga cargo de cuidarlo y no encontré a nadie mejor que tú y Enrique, sólo serán dos o tres semanas, hasta que pueda salir por su propio pie.

—Pero yo no sé de enfermería, sería mejor que lo hiciera alguien con los conocimientos necesarios.

—No podemos confiar en nadie. El doctor Chapman te instruirá en lo que debas hacer, además es tu amigo.

—¿Y adónde se supone que lo voy a cuidar? ¿Aquí en casa?

—¡No seas ingenua, María! Para tal caso iría al hospital. No, la situación es muy complicada y no podemos arriesgarnos a una revisión de los agentes americanos o a una indiscreción por parte del servicio. Estarán en el consultorio del doctor.

—No creo que a mamá le parezca adecuado.

—De ella me encargo yo.

No me creí capaz de hacer lo que papá me pedía. ¿Cómo pasar tanto tiempo junto al doctor si lo que quiero es olvidarme de él? ¿Y si me sigue atrayendo su cercanía? Me sentía sobre arena movediza. Quizá podría pedirle ayuda a mi madre, apelar a sus principios morales. Últimamente conversábamos mucho, aunque ella estuviera enfrascada en sus rezos y compromisos sociales, y yo en la propaganda del partido, nos habíamos acostumbrado a salir al jardín al caer la tarde, a tomar un vaso de limonada, cada una en su poltrona.

—Se turnarán, tu hermano lo atenderá por las noches, tú durante el día.

—Usted no entiende.

—Sin peros, María, por favor.

Y nos encaminamos a lo que sería mi peor tormento. Papá nunca imaginó que lo que me pedía era terrible. Me sentí igual que Jean Valjean al deambular entre las cloacas de París con Marius al hombro, perdido en aquel laberinto oscuro, resbaladizo, en peligro. Me alegraba cuidar a mi tío Pascual y saber más del señor Madero, pero lo que nunca pensé que llegaría a decir, era que no deseaba estar tantas horas cerca del doctor Chapman.

Busqué a mamá para pedirle que interviniera. La encontré en la terraza. Cuando le dije que no podría estar cerca del doctor, que mi corazón ardía cuando estaba cerca de él, ella me respondió con ternura y me confió un secreto que jamás olvidaré.

—Te entiendo, hijita. Yo también tuve un amor que no era para mí. Me enamoré de un hombre al que admiraba, uno de trato gentil y cercano con el que debía convivir con frecuencia, fue muy difícil. Era impensable que pudiera amarlo, la idea me repelía incluso a mí. Y, a ver, dicen que en el corazón no se manda, pero yo te digo que sí se puede doblegar. Así como a amar se aprende en lo cotidiano, a no amar también.

Yo aprendí a apagar ese ardor que dices que sientes. A apagarlo por un hermano y a encenderlo para el otro. No desesperes y haz que tu corazón te obedezca.

Jamás hubiera imaginado que mi mamá hubiera estado enamorada del tío Pascual. Ella, la que nunca cometía un error, la que tenía todas las respuestas, mi madre perfecta, escondía un corazón de mujer. Los eslabones de nuestra cadena de madres e hijas se solidificaron en ese instante. Y en una fracción de segundo, me imaginé frente a mi hija, hablándole de mujer a mujer, en ese futuro que me daba la posibilidad de ser madre, con la diferencia de que mi hija sería libre de elegir al hombre que quisiera.

20 de octubre de 1910

Algún día lo sabré.
Este cuerpo que ha sido mi albergue,
mi prisión, mi hospital, es mi tumba.

Rosario Castellanos

Octubre es el mes que más disfruto en San Antonio. El calor de verano cede su lugar al fresco, los cedros se desnudan de su ropaje verde y se visten de bermellón. Las nubes revientan, humedecen el ambiente, lo llenan de nostalgia, la misma que me lleva a mi casa en Monterrey, donde descubrí el portento del agua que cae del cielo. Desde niña me fascinó verla, escucharla, probar sus gotas al caer dentro de mi boca abierta al cielo, dejarlas correr por mi barbilla, sentirla sobre mi piel hasta que su aroma, al empapar la tierra, se quedaba muy dentro de mí.

Aquel octubre de 1910 no fue la excepción. La ciudad se bañaba con ese olor a tierra mojada, pero yo no terminaba de sentirme cómoda con la idea que se le había ocurrido a papá. A veces pensaba en lo imprudente que él podía ser y cómo no era capaz de presentir lo que sucedía en mi corazón. No era la primera vez que alguna de sus órdenes me hacía sentir mal o me avergonzaba. Por otro lado, la idea de cuidar a mi tío Pascual me llenaba de inquietud. ¿Qué pasaría si en mi ignorancia cometía un error? ¿Qué si le daba una medicina en lugar de otra?

El doctor había sido muy detallado al explicarme los cuidados que debía tener.

—Lo más importante, *Marie*, es mantener una buena limpieza de manos antes de realizarle alguna curación a su tío,

181

incluso si sólo es para tomarle la temperatura. Cuando supla a Enrique no olvide preguntarle si por la noche tuvo fiebre, escalofríos o sudoraciones. Es lo que más debemos vigilar.

Conforme me explicaba, yo sentía que a mi rostro se le iban y venían los colores, mientras una línea se marcaba en mi frente de ceño fruncido. Memoricé cada una de sus palabras, no podía equivocarme.

—Al revisar la herida y hacer la curación vea su apariencia: color, bordes, suturas, temperatura y olor, si es que lo presenta.

—¿Cómo haré la curación?

—Con agua destilada y gasas limpias. Están en el gabinete con el resto de las medicinas.

Finalmente, me explicó la manera de retirar las gasas aplicando un poco de agua en la herida para ayudar a desprenderlas. Tomó una y con ella frotó sobre mi antebrazo, mientras me explicaba cómo limpiar los bordes de adentro hacia fuera, para que la herida no se contaminara. Me recriminé que siguiera despertando sensaciones al tacto con su piel, con sus manos firmes al tomarme de la muñeca, al sentir su respiración sobre mi hombro, su cercanía conmigo. El roce de sus manos me provocaba sensaciones que sofocaba de la misma manera en que se extingue un fuego, sin miedo, rápido para que no se extienda, no arda ni consuma. Él lo notaba y respondía con discretos gestos que se volvieron una segunda comunicación, un lenguaje que sólo él y yo podíamos comprender. No lo decía, pero yo lo sabía, lo sentía igual que al viento cuando eriza mi piel.

—Esto lo hará de cada cuatro a seis horas. Después colocará otra gasa húmeda sobre la herida y la cubrirá con un vendaje. Tome la temperatura cada hora y si llega a subir por encima de los treinta y siete grados, me llama de inmediato al hospital, podría ser el aviso de algún cuadro infeccioso.

—Si su tío se quiere sentar, gírelo primero hacia un costado y después lo endereza. Le muestro —tomó mis manos y las cruzó sobre mi pecho, rodeó mi cintura y me hizo girar—. Así le será más fácil; aunque al inicio no tendrá mucha movilidad.

—Entiendo. Lo haré con mucho cuidado, espero no equivocarme.

~~~

Los primeros días los nervios me hicieron tirar los instrumentos, empapar a mi tío con el agua destilada y balbucear en vez de hilar una frase coherente. Al atestiguar la vulnerabilidad de su estado de salud evité la conversación y me dediqué a leer mientras él dormía y a revisar cada objeto del escritorio del doctor, por quien no podía dejar de sentir ese amor, aunque doliera. Con su pluma fuente entre los dedos, hice como si yo fuera médico, atendiera a un paciente y escribiera una receta que le salvaría la vida o al menos algún resfriado. Era común que me descubriera imaginando ser alguien más, ejerciendo lo que en la vida me estaba negado y que sólo podía existir en mi mente, como una obra teatral en la que era actriz y espectador al mismo tiempo. Lo mismo me había sucedido una tarde solitaria cuando levantaba del piso la ropa de mi hermano. Con la diferencia de que en aquella ocasión me removí la falda y el fondo para enfundarme en sus pantalones. Elevé una pierna, troté un poco, hice una genuflexión, me miré al espejo vestida con la parte masculina de la cintura hacia abajo y con el corsé en la parte superior. Aunque curiosa, esa imagen que me devolvía el espejo era agradable, en especial porque había comprobado la enorme diferencia entre las dos prendas. El pantalón era mucho más cómodo, daba mayor libertad de la que permitían aquellos metros y metros de tela que las mujeres debíamos llevar encima.

Desde que salía de casa hasta que llegaba al consultorio pensaba qué detalle haría mejor ese día del anterior. Si el doctor acercaría su aliento cálido a mi oído para murmurar alguna instrucción, si sus manos rozarían mi talle antes de cederme el paso o apenas tocaría su rodilla con mi falda y esa sensación me traspasaría hasta la piel.

El consultorio que solía ser transitado sólo por enfermos, era el punto de encuentro del PNA. Todos los días, a distintas horas, no faltaba quien llegara a pedirle opinión a mi tío Pascual sobre algún asunto. Uno de esos días, papá llegó de muy buen humor. Supongo que sería porque la fecha para dar cumplimiento al plan ya estaba cerca, finalmente podrían concretar su esfuerzo. Sentado en un taburete, nos contó de aquel día en que arrestaron a Madero y Roque Estrada en Monterrey y se los llevaron a la cárcel, también del tiempo libre que tuvieron para redactar los textos durante su confinamiento. A mí me pareció irónico que del remedio impuesto por don Porfirio para apagar la voz del señor Madero se hubiera generado el Plan de San Luis.

Al poco tiempo llegaron el señor Madero y su secretario. Alrededor de la cama de mi tío Pascual, los cuatro se enfrascaron en la discusión de alguna línea que no les gustaba del todo. Se notaba que tenían interés en terminar el documento. Pasados unos minutos el señor Madero acercó una silla junto al escritorio.

—María, por favor consígame papel y tinta. Quiero escribir una carta a mi querida Sarita, hace tanto que no la veo que tengo miedo de que me olvide. Y eso no lo puedo permitir, ella es el amor de mi vida.

Le acerqué el tintero, la pluma y un pliego de papel. Para entonces, el señor Madero y yo habíamos desarrollado una relación de mayor cercanía. Quizá porque durante esas dos semanas siempre hubo tardes en que nuestra charla fluyó con naturalidad.

—¿En qué momento supo que doña Sarita era la mujer indicada?

—Eso no se sabe, María, se siente. Y si bien es conocido que tuve un tiempo disipado en el que cortejé a otras damas, siempre, *en mis momentos de calma, de serenidad, volvía a brotar de las profundidades de mi alma la imagen de Sarita*[5].

Fue un descubrimiento que, de ganar las elecciones, el futuro presidente de la República fuera tan romántico. Me di cuenta de que aquel hombre que en mi mente era un coloso, podía tener los mismos sentimientos que cualquiera, incluida yo. Aunque la diferencia radicaba en que yo deseaba darle mi corazón a quien nunca podría tenerlo.

[5] *Las memorias y las mejores cartas de Francisco I. Madero*, Libro-Méx Editores, 1956, p. 30.

Me recargué sobre el respaldo de la silla. De pronto, un abanico de lluvia golpeó las ventanas. La furia con que las gotas se estrellaban las hacía temblar. El fulgor de un relámpago lejano aclaró la habitación. Me estremecí.

—Qué fortuna para doña Sarita saberse tan querida —susurré.

—Tuvimos nuestros momentos. *Por eso diré que cinco años antes, había estado en relación con ella, que la había ido a visitar con frecuencia a México, que llevábamos muy asidua correspondencia y que nos amábamos entrañablemente, pero la distancia y la vida disipada que llevaba yo en aquella época borraron, poco a poco en mí, esos sentimientos y acabé por romper con ella sin ningún motivo. Para ella fue un golpe terrible.* Sólo hasta que, tiempo después, cuando había dejado atrás mi vida disipada y *predominaron en mí las tendencias más elevadas, me formé el propósito irrevocable de volver a Sarita*[6].

—¿Y ella lo aceptó sin más?

—No, hija —dejó escapar una carcajada—. Me hizo pagar caro mi abandono, en un inicio no respondió mis cartas, evitó cruzarse en mi camino en las reuniones sociales, pero al final *mi constancia triunfó de todos los obstáculos y al fin tuve el inmenso placer de estrechar entre mis brazos a la que debía ser mi inseparable, mi amantísima compañera, y que debía ocupar un lugar tan predominante en mi corazón.*

Sentí envidia de su amor. Seguro me traicionó mi rostro, porque de inmediato agregó:

[6] *Las memorias y las mejores cartas de Francisco I. Madero*, Libro-Mex Editores, 1956, p. 30.

—A cada uno se nos llega el momento de encontrar el amor correcto, el que nos obliga a ser mejores, pero hay que luchar por él.

La lluvia suavizó su furia hasta formar ríos de tul en las ventanas, que contemplé embelesada.

—He notado tu nerviosismo cuando llega el doctor —susurró casi cómplice. Reí con cierta turbación.

—¡Qué vergüenza, señor Madero!, ¿mis ojos son tan transparentes?

—No te preocupes, María. Eso que sientes nos pasa a todos.

—¿Pero, qué si no se es correspondido?

—Sería un tormento.

Y eso era estar ahí, en ese consultorio, a esa hora, a minutos de que llegara mi anhelado doctor.

La voz de mi tío Pascual irrumpió nuestras confidencias.

—Ya casi está listo —concluyó mi tío mientras el señor Madero aprobaba su lectura—, seis páginas más y habremos terminado.

Hablaron sobre la necesidad de intensificar la propaganda, de llegar al proletariado.

—Yo podría repartirla o enviar sus comunicaciones, señor Madero. Ya lo he hecho con correos de mi padre.

—No olvidaré su oferta, se lo aseguro.

—⁓—

Semanas más tarde, papá llevó a casa un ejemplar del Plan de San Luis. Fausto Nieto, propietario de la imprenta, llevó la misión con secretismo total, una vez que Federico González Garza, Juan Sánchez Azcona y Enrique Bordes Mangel le entregaran el documento definitivo.

Tras mucho discutir habían decidido fecharlo el cinco de octubre. Un día antes del escape de don Francisco. Eso sería suficiente para evitar algún conflicto político con los Estados Unidos, pero también para dar a entender que su diseño final fue posterior. Tomé el papel entre mis manos. Conforme avanzaba cada página mi corazón se aceleraba. El Plan de San Luis, según una nota final, sólo circularía entre los correligionarios de más confianza hasta el 15 de noviembre, desde cuya fecha se podría reimprimir; se divulgaría prudentemente desde el 18 y profusamente del 20 en adelante. Para entonces, muchos mexicanos inflamarían sus corazones con esas frases que prometían un cambio.

Subí las escaleras para llevarle el documento a mamá. En últimas fechas ella había suavizado su actitud, yo pienso que ilusionada con que, al paso de mis días junto al doctor, éste se decidiera a solicitar permiso para verme. Cada día antes de salir de casa se acercaba a la puerta y se detenía para despedirme: *María, sé respetuosa con el doctor, no respondas por todo, como sueles hacerlo en casa; sonríele, hija; míralo con coquetería que los hombres reaccionan a estas cosas.* Tan renuente siempre a mis aspiraciones, ahora resultaba que mi madre veía con agrado que estuviera cerca del señor Madero.

❖

El doctor Chapman llevó a Angélica a tomar el tren hacia la Ciudad de México en la estación Sunset de San Antonio.

No lo admitía ella, pero sentía alivio al regresar a su hogar, a sus padres y a sus amistades. Echaba de menos su habitación iluminada, ver la Alameda y el quiosco morisco que tanto le gustaban, incluidas las campanadas del templo de Corpus Christi, que por lo general le molestaban, ahora le causaban nostalgia. Sabía que Daniel Chapman representaba su futuro, debía considerarse una mujer afortunada, pero aún se aferraba a ese pasado donde se sentía libre, donde era señora de sí misma. Tomó su lugar en el vagón de primera clase hasta que a lo lejos se escuchó el pregón *¡viajeros al tren!,* en voz del jefe de estación mientras recorría el andén y anunciaba la salida del ferrocarril.

El médico se detuvo a mirar el perfil de su prometida, habían pasado dos meses desde que se reencontraron, por lo que se sorprendió al darse cuenta de que le dolía su partida, de que anhelaría su charla durante las noches en el pórtico de su casa y su risa clara y discreta durante las cenas. Se acostumbró a su presencia sin percibirlo.

Tan pronto el vagón de pasajeros se alejó en las vías, el médico partió rumbo al Hotel Hutchins. Habían pasado tres días en que el tío de María se había restablecido lo suficiente como para salir por su propio pie. Se hospedaba junto con Madero, quien desde el hotel despachaba la junta revolucionaria.

La presencia del candidato le imponía respeto, no estaba seguro de si era por su fuerza interior o por su temple, sereno pese a la responsabilidad que llevaba a cuestas. Si bien era sabido que Madero era de espíritu tranquilo y afable, que muchos confundían con debilidad, también era conocida su costumbre de levantarse al alba, guardar su almuerzo vegetariano en un morral que ataba a la cabeza de la silla de montar para llegar a las labores, pasar el día con los peones y comer con ellos. Tal vez por eso al médico le agradaba este hombre menudo de bigote en punta y barba al estilo francés, que incluso encarcelado generó opiniones contrarias dentro y fuera de las familias.

El doctor revisó a Pascual y confirmó su buena evolución. "En una semana más podrá iniciar su vida normal, sin hacer esfuerzos, ni montar", lo instruyó.

Cuando salía del hotel, se encontró con Madero sentado en la terraza de la entrada. Dos añejos robles que explotaban en ocres, rojos y naranjas flanqueaban el jardín. Madero se recargó en su poltrona y cruzó una pierna.

—Aunque usted crea que sólo ha cumplido con su deber —dijo Francisco I. Madero—, me queda claro el conflicto de intereses que le causa atender a mi amigo Pascual incluso ahora.

La mirada de don Francisco cambió. Una chispa de confianza brilló en sus ojos. Echó el cuerpo hacia delante:

—Quizá haya escuchado que sigo las enseñanzas espiritistas de Allan Kardec —el doctor asintió—. Conocí esa práctica en París. Me ha ayudado a tomar mayor conciencia de mí mismo, a descubrir la trascendencia de la vida y de mi misión a favor de la libertad y el progreso.

—Entiendo —coincidió el doctor.

—¿Está seguro? —su mirada se tornó más profunda—. ¿Entiende la importancia de esta lucha por la libertad? Mi destino se fraguó hace dos años, al escribir *La sucesión presidencial en 1910*.

—Créame, señor Madero. Con toda honestidad, le aseguro que comparto su deseo de justicia y libertad.

Madero sonrió. Su semblante se relajó.

Charlaron poco más de una hora, estaban en plena conversación cuando frente a ellos se detuvo el carruaje de María. Al ver al doctor, sus ojos miel se agrandaron; la sorpresa sin disimulo se reflejó en su mirada. Un rizo sobre su frente se agitó y ella lo acomodó en su lugar con nerviosismo. Llevaba un vestido pálido y un pequeño sombrero que, con el reflejo del sol sobre los robles, se transformaba en rojo. Su rostro recibía en momentos brillos dorados y destellos escarlata que la asemejaban a una ilusión difusa, temible, ensangrentada, imagen que asustó al doctor y lo atravesó con un escalofrío. Fue un instante mórbido, punzante, que el médico ahuyentó de inmediato. No pasaron desapercibidas sus reacciones ante los ojos de Madero.

—Qué coincidencia, doctor. No sabía que estaría aquí —dijo María, ruborizada.

—Estaba a punto de retirarme.

—De ningún modo —intervino Madero—. Tiene que acompañarnos, aunque sea unos minutos más. Mire, doctor, la señorita María sólo me trae una comunicación —y le lanzó una mirada de complicidad a ella.

Madero abrió el sobre y leyó el pliego, su rostro palideció.

—Me disculpo por un momento. Este asunto es muy importante. María: ¿podría usted esperar mi respuesta para devolverla de inmediato?

Comenzaba a pardear y el fresco se tornó en frío. María encogió los hombros y cruzó los brazos para darse calor. El doctor la abrigó con su chaqueta y una corriente cruzó entre ellos, quiso tomar su mano entre las suyas, estaba a punto de decir lo que tanto anhelaba, lo que ella anhelaba oír. Su corazón se aceleró. Dos palabras serían suficientes. Era simple, acallar la razón por un momento y oír de su boca: te amo, *Marie*.

María abrió los labios con intención de responder, pero el reclamo de la conciencia del doctor fue mayor. Bastó un segundo en que su mano rozó el reloj de la leontina para recordar la advertencia de su padre: *Ejerce tu medicina con honor y pasión.* ¿Cómo olvidarlo? Y resonaron en la cabeza del doctor aquellas frases tantas veces escuchadas: *siempre el honor; el honor ante todo. Como el caballero que debes ser.*

Su pecho se aquietó y su boca no pronunció ni una sola palabra. María le lanzó una mirada de recriminación que lo selló al rojo vivo: *cobarde*, lo condenó en silencio. Al instante se dio cuenta de cuánto la distraía el doctor de sus intereses más importantes, vitales. Se recriminó por pensar en él en vez de la urgencia de las comunicaciones.

—Tome, María, por favor entregue de inmediato esta nota a su padre.

—¿Es algo grave? —en el rostro de María se veía inquietud.

—Es un asunto urgente, pero nada de lo que usted se tenga que preocupar. Disculpe, doctor, tendré que retirarme.

Se despidieron deprisa y se dirigieron hacia su carruaje. Por primera vez, el doctor no se ofreció a acompañarla y María se dio cuenta de que seguir pensando en una relación con ese hombre era una batalla perdida. Dolida y en silencio se encaminó a casa.

A las ocho de la mañana llegó el primer telegrama a casa de los Treviño. Unas breves líneas daban cuenta de los últimos acontecimientos: Puebla, punto. Ataque sorpresivo, punto. Muertos Máximo Serdán y otros, punto.

Desde que corrieron los rumores del levantamiento propuesto por el Plan de San Luis, los cateos para decomisar armas y propaganda se habían multiplicado por todo Puebla. No faltaba día ni hora en que cualquier familia se sobresaltara por la irrupción violenta de los gendarmes.

Los hermanos Serdán, junto con otras dieciocho personas, habían reunido armas, la mayoría compradas por Máximo en la Ciudad de México, otras conseguidas por Aquiles, como las que había obtenido ese día en la casa de empeño. Apenas había salido con una maleta, cuando uno de los gendarmes lo reconoció y comenzó la persecución. Corrió algunas cuadras hasta que se topó con su hermano Máximo y un grupo de amigos que estaban por ahí. ¡Qué suerte!, dijeron. La maleta desapareció de mano en mano por entre las esquinas y a Aquiles se lo llevaron en coche. Era el 17 de noviembre, faltaban tres días para el levantamiento y tenían que cuidarlo a toda costa.

Esa noche, el jefe de policía, acompañado por un pelotón, llegó al número 206 de la calle 6. Era una casa de dos plantas, una robusta puerta de madera al centro estaba flanqueada por dos pares de ventanas, en la segunda planta se alineaban cinco balcones forjados en fierro.

—¿Quién va?

—¡Abran, venimos a inspeccionar!

Por entre los visillos de las ventanas una docena de siluetas se movió con el sigilo que antecede a la refriega. Sorprendidos, tomaron sus posiciones, se pertrecharon con manos nerviosas.

Máximo dirigió la defensa desde la azotea de la casa. Cuatro horas de un ataque estratégico, heroico, para lograr el escape de su hermano que entre la balacera fue herido de muerte, y aún así se mantuvo firme hasta que lo supo a salvo. A Aquiles lo habían escondido en un sótano improvisado debajo del comedor de la casa. Había que resguardarlo un par de días aunque fuera a su pesar, para que levantara a Puebla en armas en la fecha acordada con Madero.

Desde uno de los balcones de la casa, Filomena del Valle, esposa de Aquiles, y Carmen Serdán, su hermana, salieron con las armas en las manos y gritaron a la gente que se había reunido atraída por la balacera:

—¡Poblanos! ¡Los que están aquí van a morir por el pueblo! ¡Vengan a ayudarles! ¡Aquí hay armas! ¡Viva la República!

Varias horas de tiroteo, con el apoyo de un importante número de soldados, lograron la detención de los Serdán. Sólo se rindieron hasta que se les agotó el parque. A los sobrevivientes los encarcelaron, Carmen y Filomena entre ellos.

Los gendarmes encontraron el cadáver de Máximo, pero no hallaron rastro de Aquiles. El jefe de la policía dejó una guardia para custodiar la casa durante la noche y los días siguientes.

En la madrugada del 19 de noviembre, Aquiles tosió. El sonido, aunque sordo, fue suficiente para que lo descubriera el guardia. Ahí mismo lo asesinó con un tiro en la parte alta de la cabeza y otro en la sien. Por orden del gobernador, su cadáver todavía manchado de sangre fue expuesto en la plaza principal de Puebla, como escarmiento para quienes intentaran acudir al llamado de Madero.

Tras leer el telegrama, el general Treviño se desplomó sobre una silla, su cuerpo se curvó por un agudo dolor en el pecho, el brazo izquierdo se le entumeció. Enrique se acercó a ayudarlo. Sacó su pañuelo, limpió las perlas de sudor que cubrían la frente de su padre. Levantó el telegrama del suelo y lo leyó. Con el rostro demudado quiso tranquilizar al general.

—No se preocupe, ha de ser por la impresión, pronto se le pasará. ¡Madre! ¡Refugio! ¡Vengan pronto!

Todos en la casa respondieron a los gritos y formaron un círculo alrededor del general. Doña Inés perdió el color de sólo imaginarse viuda. Aunque no amaba con pasión a su marido, con la costumbre de estar a su lado, de oír su voz de trueno y de saberlo un hombre fuerte se había hecho dependiente de él. Sin estar segura de qué hacer, envió a Jovita a la cocina para traer las sales de olor.

María corrió hacia la mesa del recibidor, levantó el auricular del teléfono y pidió a la telefonista que la comunicara con urgencia al consultorio del doctor Daniel Chapman. Cruzó los dedos. Esperaba encontrarlo ahí y tuvo suerte. Al poco tiempo el médico se presentaba en la casa.

—Es angina de pecho, general. Tendrá que guardar reposo.

—Qué angina, ni qué mis huevos. ¡Imposible! Con el levantamiento en puerta y el centro de comunicaciones aquí en San Antonio, no puedo estar quieto.

—No será de gran ayuda si se muere. O si el dolor en el pecho y la dificultad para respirar le impiden estar en pie.

—¿Para qué insiste? No me va a convencer.

A las diez de la mañana llegó el segundo telegrama, era de Catarino Benavides. Pedía dar aviso al señor Madero en Eagle Pass de que no llegaría a Ciudad Porfirio Díaz con los efectivos prometidos para la tarde del 20 de noviembre.

El padre de María tuvo intención de levantarse de la silla, pero el esfuerzo lo volvió a agitar; su pecho se elevaba rápidamente, palideció y su respiración se volvió irregular.

—Tengo que avisarle a Francisco —susurró apenas, muy lejos del habitual tronido con que acompañaba sus palabras.

—No puede moverse, general. Si es necesario, yo le daré aviso.

—María —dijo con dificultad—. Que vaya María.

—Me llevaré a Refugio, saldremos de inmediato —le susurró al oído y besó su frente.

María acompañó al doctor hasta la puerta y, al despedirse, él retuvo su mano y en ella toda su vida. Deseaba apoderarse de sus pensamientos, de sus deseos, de sus dolores. Dolores que según el día y la hora a María se le presentaban diferentes. A veces era una punzada aguda, potente, profunda, igual a una flecha que traspasaba y mordía todo por dentro. Luego estaba una tristeza suave, constante, que le apesadumbraba los días y las noches, hasta el hastío. También la visitaba un sufrimiento oscuro, temible; un dolor que la llenaba de miedo. Y el más difícil de todos, el que la visitaba con mayor frecuencia, esa desolación que la convertía en una mujer amarga.

—No es prudente que haga ese viaje, *Marie*. El ambiente está muy agitado; es más peligroso.

—Me apena si no está de acuerdo. Pero ya escuchó usted a papá. Ahora mismo haré las diligencias para salir.

—∿—

Después de cruzar la frontera, partimos en el tren hacia Ciudad Porfirio Díaz. Era la víspera de mi cumpleaños dieciséis. El sol sobre el desierto daba reflejos de espejo, desdibujaba el horizonte. El doctor se había negado a que hiciera el viaje sólo con mi nana e insistió en acompañarme, aunque fuera a la distancia.

Todavía tenía grabada su mirada suplicante del día anterior. Y mi airada respuesta: para eso es la democracia: para elegir libremente. Usted, doctor, haga lo que tenga que hacer, que yo haré lo que debo.

Se sentó cinco asientos más atrás; Refugio y yo, casi al frente del vagón. Me inquietaba su presencia. Podía sentir su mirada clavada en mi nuca, en mi cuello, en el lóbulo de mi oreja. Me negué a voltear. ¿Qué sentiría él? ¿Por qué vino? ¿No se daba cuenta de que me distraía? Además de la misiva bajo mi corsé, tenía que lidiar con el ansia de sentirme observada.

A diferencia de otras ocasiones, en esta iba nerviosa. Faltaba poco para las seis de la tarde del 20 de noviembre, hora marcada para el inicio de la revolución. Madero había salido un día antes. En Eagle Pass ya estaban reunida la comitiva con los pertrechos. Desde ahí cruzarían el río Bravo para tomar Ciudad Porfirio Díaz. Esperaban que los efectivos de Catarino Benavides lo apoyaran en la frontera, pero yo traía la carta donde le avisaba que no llegarían, que tendrían que cambiar los planes.

El constante traqueteo de las ruedas del tren nos mecía con su vaivén. El sol estaba a mitad de su camino, regalaba una brisa cálida que acariciaba el rostro. El ambiente del vagón se había adormilado; el cabeceo de los pasajeros secundaba su ritmo. Un hombre de rostro cubierto con multitud de arrugas resignadas, con camisa raída y sombrero roto, giró, me miró un segundo con sus ojos vaciados de luz y recargó la cabeza sobre la ventana. La pareja sentada delante, seguro recién casados, no dejaban de mirarse, embelesados. Una niñita, con su muñeca de trapo apretada al pecho, lloraba quedito, sin razón aparente, tal vez resentida por algún regaño. Los olores se mezclaban en una confusión amarga que dificultaba respirar. Hasta ese momento había contenido el deseo de voltear a ver al doctor. Tras dos horas de camino el cielo se salpicó de nubes negras, el vagón del tren, antes con algo de colorido, se tornó gris. La penumbra lánguida, pesada, invitaba a cerrar los ojos y dormir. No aguanté las ganas de verlo. Giré lentamente. Me miraba. Segundos suspendidos en el tiempo en que nuestros ojos se fundieron. Dos imanes imposibles de separarse. Abrí el quinto tomo de *Los Miserables* que me llevé como distracción; estaba a punto de terminarla tras cinco meses de lectura interrumpida a la fuerza, eran ya las últimas páginas en las que *Cosette y Marius cayeron de rodillas, inundando de lágrimas las manos de Jean Valjean; manos augustas, pero que ya no se movían. Estaba echado hacia atrás, de modo que la luz de los candelabros iluminaba su pálido rostro dirigido hacia el cielo. Cosette y Marius cubrían sus manos de besos. Estaba muerto. Era una noche profundamente oscura; no había una estrella en el cielo. Sin duda, en la sombra un ángel inmenso, de pie y con las alas desplegadas, esperaba su alma.* Terminé la lectura y un sentimiento de congoja se instaló en mí. ¿Por qué esos grandes personajes como Jean Valjean tenían que morir? De inmediato pensé que, de haber sido Victor Hugo, habría cambiado el final, sin duda lo habría dejado vivir por muchos años junto a Cosette y su amado.

Descansé la cabeza sobre la ventana durante algunos minutos, saboreando aún la lectura. El interminable desierto salpicado de huizaches llenaba el horizonte. A lo lejos, un nubarrón de polvo llamó mi atención. Era un grupo de hombres a mitad de la vía que entre gritos y disparos al aire detuvieron el tren. Mi corazón se aceleró igual que caballo desbocado.

—Ándale, *Nita* —casi llora mi nana—. Ya nos llevó la tiznada. Si es gente de Díaz, nos van a revisar.

—Apacíguate, Refugio. No te pongas nerviosa. Solamente vamos a Ciudad Porfirio Díaz a ver unos tíos. Estate tranquila.

—Pues a ver si puedo; ya me tiembla todo el cuerpo. Tengo la piel de gallina y la pierna esta no me deja de brincar.

—Rézate un Avemaría.

—No me sale.

—Piensa en Feliciano.

—No puedo

Los hombres subieron al vagón que estaba delante del nuestro. Eran soldados armados con sus máuseres. Se acercaron a interrogar pasajeros. A un hombre de poco cabello lo quisieron bajar del tren. Se resistió. Lo golpearon en el estómago con la cacha del fusil.

El hombre se plegó sobre sí mismo cual lienzo de papel.

El doctor se levantó de su asiento y de inmediato uno de los guardias lo encañonó con la mirada: *no se meta güerito*, lo obligó a sentar.

Como el hombre aún se resistía, le dieron un golpe en la quijada que crujió al partirse. Un diente salió por el aire; en su trayecto salpicó de sangre a otro pasajero y al final cayó sobre el regazo de una señora que gritaba como si le hubiera caído la cabeza entera.

Tras dominarlo, lo bajaron a empujones. Un poco más allá, lo interrogaron a gritos, a mentadas de madre, a golpes. Los pasajeros nos mirábamos unos a otros, primero con temor, después con indignación.

El doctor se levantó de nuevo. Alegaba enojado a los soldados. ¿En qué pensaba mi amadísimo doctor? ¿No se daba cuenta de que yo moriría ahí mismo si algo le sucedía? Escuché con pesar un grito ahogado, suyo. Había caído al suelo tras un golpe. Se acomodó en su asiento. Busqué su mirada con desespero. Quería saber si estaba bien, pero él la mantuvo baja. Un hilo de sangre resbalaba por su nariz, por su boca. No dejé de verlo hasta que sus ojos azules, trasgredidos de dolor me encontraron.

Afuera, el hombre de poco cabello ya estaba de rodillas.

La cabeza hundida.

Vencido.

Ahí mismo lo mataron, con todo y tiro de gracia. Su cuerpo cayó de lado, con la misma contundencia con que cae un costal. Me impactó la imagen de aquel hombre entre el polvo, con las rodillas dobladas y la cabeza reventada en un salpicadero de sangre de más de un metro alrededor.

Todos en el tren quedamos petrificados.

Entraron a nuestro vagón. Uno de ellos se me acercó. Su mirada de piedra endurecía unas facciones ya constreñidas. Me revisó de arriba abajo. La cicatriz que atravesaba su cara se retraía en un movimiento intermitente. Tenía la piel curtida por largas horas bajo el sol; las manos gruesas, callosas, morenas, habían perdido, si la tuvieron alguna vez, su aliento de humanidad.

No pronuncié palabra. Bajé la mirada y contuve la respiración.

—¡Nombres! —gritó.

Su aliento era fuerte y amargo, de comida echada a perder. Sentí deseos de girar el rostro. Con gran esfuerzo exhalé ese aire fétido que un segundo antes había inhalado y me mantuve en mi lugar.

—María Treviño, Refugio Rojas.

No alcanzaba a ver al doctor, pero sabía que estaba ahí. Su cercanía me daba fuerza, me serenaba. En ese momento me arrepentí de mi orgullo y de que no estuviera sentado junto a mí. Podría haberme hecho pasar por su esposa.

El soldado acercó su rostro. Su cicatriz casi roza mi mejilla. Me escudriñó la mirada y yo ni siquiera pude parpadear.

—¿Para dónde van?

Su aliento y cercanía me dieron ganas de volver el estómago. Clavé las uñas en la palma de mi mano.

—A Ciudad Porfirio Díaz, con unos familiares.

El hombre salió del vagón. Refugio tenía la palidez del papel y yo dejé salir un gran suspiro. Una capa de sudor mojó mis palmas, la nuca, el pecho. Un ligero temblor se apoderó de mis manos. El doctor se acercó y me susurró al oído: Tranquila, *Marie*. Me quedaré aquí. No la dejaré sola.

Regresó el hombre con su capitán, de apellido Azueta. Tras cuchichear con el soldado, me clavó la mirada. Mi corazón aceleró el paso con el mismo pavor que el de un animal acorralado. No sabía qué pasaría. Si correría la misma suerte que el hombre que acababan de matar o si seguirían de largo. Fuera lo que fuera decidí que no me vencerían. No en balde era la hija del general Ignacio Treviño de la División del Norte, ni la sobrina de Pascual Treviño; no en balde era quien era.

—Así que usted es María Treviño.

—Sí —levanté el pecho.

—¿Hay algún problema, capitán? Soy el doctor Daniel Chapman, amigo de la familia de la señorita.

—No se meta —gruñó, molesto—. Con usted no hay problema por ahora, pero si vuelve a interferir terminará como el pelón ese.

El capitán volvió a mirarme con esos ojos terribles. El labio superior le tembló en un intento por contener el desprecio por ese nombre que con voz fría iba a pronunciar:

—¿Es usted la hija del general Ignacio Treviño?

Asentí. En ese momento me tomó por el brazo y, con fuertes jaloneos, me levantó del asiento. Mi sombrero se desabrochó. Lo vi caer en el pasillo, y también la oscura bota de un soldado mientras lo pisaba. Por un momento recordé a mi madre cuando de niña me enseñaba a anudarlo sentada frente al espejo. El doctor se acercó al capitán comentándole que esto seguramente era un error, que él estaba comprometido con la señorita Limantour, y que conocía bien a la familia.

—Vámonos —me empujó fuera del vagón—. Usted, soldado, no me deje bajar a ninguno de estos cabrones. ¿Entendieron?

Refugio gritó. Se jaló los cabellos. Los ojos se le desorbitaban por el miedo.

—¡No se lleven a mi niña! ¿Por qué se la llevan? ¡Ella no ha hecho nada malo! Si se la llevan a ella, llévenme a mí también —intentaba detenerlos, sus uñas eran ganzúas afiladas listas para hundirse en la carne, los dientes de loba enfurecida—. ¡Desgraciados! ¡Cochinos! ¿Así trata su general Díaz a las mujeres? ¡Yo los mato si lastiman a mi niña! ¿Me oyeron? ¡Los mato, cabrones!

Con un solitario cachazo enmudecieron sus gritos. La dejaron ahí tirada, a mitad del pasillo, con la falda alzada, sus gruesos muslos al aire, los cabellos desordenados y un charquillo de sangre junto a su cabeza. Mi nana. Mi nana querida. *Cuide a esta mujer,* oí decir al doctor a uno de los pasajeros.

El doctor habló con el capitán Azueta en otro intento de que me dejara volver al tren:

—Seguramente usted tiene razones para interrogar a la señorita, pero es una chiquilla. ¿Qué mal pudo hacer? Déjela ir; yo me comprometo a que su conducta no sea ocasión de inquietud. Si en algo ofendió al gobierno, estoy seguro que no tuvo idea de lo que hacía.

—Imposible. Nos han informado de que esta señorita ha hecho propaganda contra el señor presidente, que es una rebelde.

—Entiendo, pero una joven repartiendo panfletos no sabe el alcance de lo que hace, ¿qué tanto mal puede hacer?

—Es espía de los revolucionarios. Sabemos que lleva comunicaciones importantes; eso es traición y tiene pena de muerte.

—Me la llevo lejos ahora mismo, y usted ni sus superiores volverán a saber de ella. Por favor, capitán: deténgase.

—¡Basta! —Explotó el capitán.

La voz del doctor se hizo un susurro.

—Le doy la cantidad que usted me diga, tengo cuatrocientos pesos, mi reloj, este anillo de rubí. Por lo que más quiera capitán, se lo pido de hombre a hombre.

—No puedo hacer eso, güerito —rio con sorna—. Órdenes son órdenes. Para esta se-ño-ri-ta, las órdenes han sido muy claras. Además, con esa inscripción este reloj no me sirve de nada.

Con un ademán brusco le devolvió el reloj, ordenó a los soldados: ¡Llévense al doctor de regreso para el tren!

—Por favor, capitán, déjeme estar con ella. Al menos, que no esté sola —se arrodilló el doctor, temblando.

En ese momento supe lo que vendría. Cerré los ojos y sollocé. No quería morir. En ese segundo añoré mi casa, mis padres, mi nana. Todo lo que hasta entonces había significado mi seguridad. Como el telón que se descorre para mostrar la primera escena de una obra comprendí que mi madre tenía razón en sus ruegos, que el peligro existía y no eran sólo exageraciones. Y de pronto, con la misma intensidad, me di cuenta de que mi querido doctor también me amaba. Que su amor era real y no sólo figuraciones mías. Y todos los roces, todas las miradas y todos los besos, se sucedieron uno tras otro con un nuevo significado.

Los soldados se alinearon con los fusiles al hombro. Empolvados por el camino, arrastraban con los pies largas jornadas de marchas bajo el sol. Murmuraban entre ellos con mirada pícara, con alguna desdentada sonrisa asomada de tanto en tanto. ¿De qué hablarían? Tal vez recordaban los favores de Francisca y Toña, sus soldaderas de coloridos rebozos y sonrisa pródiga; o sería que aún renegaban por el regaño del capitán que los había encontrado borrachos la semana anterior; o quizá evocaban ese último *guárdese m'hijo* de sus padres que aún repicaba en sus oídos como premonitoria advertencia de evitar el mal a pesar de haber sido reclutados por la fuerza para servir al Ejército Mexicano.

Mientras el doctor Chapman discutía con el capitán, María lo miraba a él y a los soldados, les observaba la piel bruñida que tan bien se adaptaba a ese sol despiadado de las tierras del norte; las cartucheras, afianzadas, cruzándoles el pecho. Descubrió la ironía de su lucha, porque también era por ellos, por su educación. Y aunque en el fondo los comprendía, el miedo y la rabia le hacían temblar los labios y las manos. En sus ojos no había odio, sólo un irredento asombro.

El polvo se adhirió a su piel cuando el viento se arremolinó. Con el dorso de la mano lo limpió de sus mejillas. Mas allá, los huizaches se mecían en su habitual rigidez, indiferentes.

—¡Preparen! —gritó el capitán Azueta.

Con la cabeza gacha, en línea, los seis soldados levantaron sus fusiles, cargaron la pólvora, la empaquetaron e introdujeron sus balas. Cada uno deseaba que la suya fuera de salva, de esas que a muchos les llegó a tocar y con las que todos guardaban la esperanza de que su tiro no fuera el mortal, sólo los tiradores avezados conocían bien el retroceso que generaba el fusil al percutir una bala real, y pese a ello se hacían la misma ilusión.

El capitán se acercó a María, inspeccionó sus facciones y por un segundo dudó de que ese rostro con ojos amielados fueran parte de los planes de sublevación. Dio tres pasos a un lado, órdenes eran órdenes.

—¡Apunten!

Algunos cortaron cartucho sin estar convencidos de disparar a una señorita de sociedad.

A lo lejos, un grupo de chachalacas elevaron su ensordecedor griterío, como si protestaran ante aquella escena. Entre los soldados, a más de uno le recriminaba la conciencia, pero un federal tenía que tragarse sus principios y creencias, la obediencia militar era incuestionable. Sólo uno de ellos disfrutó la suerte de estar ahí. Con el pulso firme, Juan Rufino Urdiales fijó en la mira el corazón de María, porque esa riquilla, de seguro caprichosa y que jugaba a hacer la revolución, tenía que pagar y qué sorpresa se llevaría en el instante en que los fusiles del pelotón se la cargaran al unísono.

María los miraba sin parpadear, directo a los ojos. Si creían que se llevaría una mano al corazón, lo que hizo fue deslizarla al corsé, donde resguardaba la misiva para Madero, ahí nadie buscaría, ella no era ninguna traidora.

Mientras esto ocurría, los pasajeros del tren, hombres y mujeres, no podían creer lo que estaba a punto de suceder ante sus ojos. Rezaban Avemarías, se abrazaban entre ellos, cubrían el rostro a sus hijos. No faltó el hombre que gritó, suplicante, que pararan ese atropello, que tan solo era una niña.

Nadie los escuchó.

A lo lejos se erguían las montañas; mudos testigos apacibles, ahora emitían un leve quejido desde su entraña.

—¡Fuego!

Las balas atravesaron el aire. Los fusiles dejaron escapar su humareda en el momento en que la nana Refugio salía del vagón del tren con la cabeza todavía cubierta de sangre.

Los ojos de María se giraron a ver al doctor Chapman, era la última imagen que quería ver. Un ahogo salió de sus labios. Pequeñas partículas de pólvora dejaron su rocío sobre la tierra yerma.

El doctor corrió a sostenerla antes de que su cuerpo tocara el suelo, pero la cabeza de María rebotó contra el piso antes de que él llegara. La acunó entre sus brazos. Trató de hacer presión sobre las heridas para detener el sangrado, María se dolía.

María levantó una mano con la intención de tocar la mejilla del doctor, pero sólo asió aire; el doctor la atrapó y la acercó a su cara.

El cielo se había encapotado.

Uno a uno se retiraron los soldados, se negaban a ver lo que habían hecho. Sigilosos, con la culpa a cuestas, arrastraban los fusiles tras de ellos, no así Juan Rufino Urdiales, que caminó sonriente. El capitán Azueta se mantuvo impertérrito tras haber cumplido con su deber, como lo haría cualquier militar de rango.

La nana Refugio se abalanzó sobre el cuerpo de María. Le parecía imposible que los federales hubieran disparado a su niña. Quiso limpiar su rostro, pero el doctor la apartó con suavidad.

—*Nita, mi'nita.*

María emitió un largo gemido, sus ojos se agrandaron; el dolor aumentaba y el miedo se apoderaba de ella. Con manos urgentes, el médico desgarró el vestido empapado de sangre, arrancó los pedazos del corsé hasta llegar a esa piel que tanto deseó. La carta a Madero estaba ahí, manchada. El doctor la guardó en su saco. De no haber sido por esa nota María no habría subido al tren. Apretó la mandíbula con deseos de despedazarla. Pero era una marcha contra el tiempo, vital para María. Con jirones del vestido y de su camisa le vendó el pecho. Un grito agudo subió al cielo, el doctor lo aisló para concentrarse en detener el sangrado en un esfuerzo por mantener ese cuerpo con vida. Las piernas de María se entumecieron. Tengo frío, quiso susurrar, pero ni una palabra fue capaz de emitir, su aliento se diluía hasta hacerse un hilo, delgado, frágil. Aspiró el ligero aroma a lilas que despedía el cuello del doctor, la reconfortó al instante.

El corazón de María se detuvo sin que el doctor se diera cuenta, él seguía comprimiendo las vendas para detener el sangrado. Cuando volteó a verla, sus ojos ámbar miraban la nada.

No gritó, no pudo. Se golpeó el pecho una y otra vez. Deseando que no fuera cierto aquello que veía; tomó la muñeca de María y buscó su pulso.

El doctor Chapman yacía con el cuerpo inerte de María entre sus brazos; los pasajeros, en su estupor, permanecían en silencio, pesado como una lápida de mausoleo; algunas mujeres lloraban, los hombres querían acercarse, pero el temor a los federales aún presentes los había paralizado.

Cuando los federales montaron sus caballos para dirigirse a la ciudad a entregar el parte de su comisión, algunos hombres se animaron a levantarse, murmuraban con los ojos llorosos por el horror, mientras se unieron para cavar la tierra y sepultar al hombre que habían asesinado. Entre los pasajeros iba un hacendado que se aproximó al doctor Chapman para ofrecerle uno de sus caballos. Ante la falta de reacción del médico, negoció con el capitán Azueta y bajó al animal del vagón de carga.

El doctor agradeció asintiendo con la cabeza y con la voz entrecortada le pidió ayuda para acompañar a la nana Refugio hasta la siguiente estación, a ella le dio dinero para que comprara su boleto de regreso a San Antonio. La nana Refugio besó la frente de su niña por última vez, se aferró a María en un abrazo, por lo que un par de hombres la obligaron a desprenderse de ella, el tren se iba y no la podían esperar. *Mi'nita*, repetía con congoja.

Cuando el tren iniciaba su marcha un pasajero le regaló una manta al doctor: *para el camino, o como mortaja.*

Los gemidos del doctor traspasaron el aire y cortaron el crujir de las ruedas del ferrocarril al arrancar.

La acunó en sus brazos y limpió su cara. De su vestido rosa, poco quedaba, ahora era rojo, estaba rasgado; sus transparentes ojos de miel que solían ver todo con curiosidad, se habían apagado; sus labios dulces ahora eran sólo una línea.

La envolvió en la manta lleno de resentimiento con el revolucionario, y tocó la carta a Madero que se había guardado en el saco.

Cargó el cuerpo de María para subirlo a la montura, la acomodó sobre su regazo y sobre su pecho adolorido reclinó su cabeza. Recordó su imagen asustada envuelta en una mantilla el día que la conoció.

Una ráfaga de viento corrió la manta, develó su rostro y lo envolvió con su perfume de violetas que se mezclaba con el olor a sangre; él la contempló unos minutos desde la vacuidad de su entorno desértico. La cubrió de nuevo, apuró el paso al caballo para devolverla a sus padres antes del anochecer. Durante el camino imaginó el dolor que sentirían el general, doña Inés, Enrique. Se lamentó por ellos, pero más por sí mismo, por haberse negado al amor de María.

Con dedos temblorosos desabrochó la leontina de su chaleco, abrió el reloj que le diera su padre cuando se graduó de medicina y sonrió con ironía ante su inscripción; extrajo del saco la carta de Francisco I. Madero, leyó el mensaje convencido de que esas frases no valían una vida, no la de María. Con coraje envolvió su reloj en el pliego ensangrentando hasta comprimir esas palabras de muerte que arrojó lejos de él. No quería saber nada de ninguna de ellas, la soledad sería su expiación. Apretó a María contra su pecho y apuró de nuevo al caballo.

20 de noviembre de 1910

Conciudadanos: No vaciléis pues un momento: tomad las armas, arrojad del poder a los usurpadores, recobrad vuestros derechos de hombres libres y recordad que nuestros antepasados nos legaron una herencia de gloria que no podemos mancillar.

Sed como ellos fueron: invencibles en la guerra, magnánimos en la victoria.

—SUFRAGIO EFECTIVO, NO REELECCIÓN—

San Luis Potosí, octubre 5 de 1910.

Francisco I. Madero

A las ocho de la mañana del 20 de noviembre llegaron los maderistas a la ribera del río Bravo para alzarse en armas contra el gobierno del general José de la Cruz Porfirio Díaz Mori. Levantaron una humareda con madera verde que revelara su posición a los trescientos hombres que Catarino Benavides había prometido, pero no pareció haber movimiento del lado mexicano. Francisco I. Madero y sus hombres se encontraban cansados y sin probar bocado desde el día anterior.

A las cuatro y media de la tarde llegó Catarino Benavides acompañado de diez hombres sin armamento suficiente. No se podía tomar una plaza en esas condiciones, por lo que se ordenó la retirada y el señor Madero pernoctó en un rancho cercano.

Seguros de que el movimiento armado había fracasado, el grupo se disolvió. El señor Madero se ocultó tiempo después en la ciudad de Nueva Orleáns. Sin embargo, los antirreeleccionistas de la Comarca Lagunera de Coahuila respondieron a tiempo y tomaron las armas.

En Ciudad Juárez, el general Pascual Orozco y Francisco Villa vencieron el 27 de noviembre al ejército federal. En los meses siguientes surgieron varios levantamientos en el norte y sur del país.

El 25 de mayo de 1911, el general Porfirio Díaz renunció a la presidencia de México, ocho días después se exilió en

París junto con José Yves Limantour, sus familias y algunos miembros de su gabinete.

Francisco I. Madero entró en la ciudad de México el 7 de junio. El 15 de octubre ganó con el 98% de los veintisiete mil electores que representaban a quinientos ciudadanos cada uno, en las primeras elecciones libres del país. El 6 de noviembre de 1911 asumió la presidencia de la República. Un año y tres meses después fue asesinado durante la llamada Decena Trágica.

Con los años, la Hacienda de Perote dejó de cultivar la vid para dedicarse sólo a embotellar el vino.

La Casa Madero, fundada en 1597, se convirtió en una de las mayores industrias vitivinícolas de Latinoamérica, pionera del continente americano.

Esta novela es de ficción. Está inspirada en personajes de nuestra historia y en algunos acontecimientos que forman el telón de fondo en que se desarrolla. Entre los personajes reales, hay algunos muy conocidos y otros que no se han difundido como debieran; de entre ellos menciono a Matilde Montoya, quien desafió las duras tradiciones de la época y el 24 de agosto de 1887 presentó su examen profesional para ser la primera mujer mexicana en alcanzar el título de médico, logro obtenido a pesar de la fuerte oposición que recibió por ser la única mujer en la escuela; el licenciado Roque Estrada, secretario de Francisco I. Madero, quien, distanciado del maderismo, se reincorporó a la lucha tras la usurpación de Victoriano Huerta, en 1914 fue brevemente secretario particular de Carranza, ocupó los cargos de ministro de Justicia, diputado federal y en 1923 se le acusó de ser director intelectual de la rebelión delahuertista; a Viviano Villarreal González, tío de Francisco I. Madero, quien tras la muerte de Francisco I. Madero fue presionado para renunciar a su segundo cargo como gobernador de Nuevo León. Finalmente, a Dolores Correa, profesora, escritora y poeta, quien fundó en 1904 la primera asociación feminista de México conocida como "Protectora de la mujer", así como el periódico *La Mujer Mexicana*, y que escribió folletos con un carácter progresista.

Índice

El aroma de los anhelos de Mónica Castellanos
se terminó de imprimir en mayo de 2021
en los talleres de
Litográfica Ingramex, S.A. de C.V.,
Centeno 162-1, Col. Granjas Esmeralda, C.P. 09810,
Ciudad de México.